入り江の幻影

新たな「戦時下」にて

入り江の幻影／目次

I

入り江の幻影

II

III

Ⅳ

V

宵闇

VI

装画　小村希史
ブックデザイン　鈴木成一デザイン室

I

入り江の幻影

幽《かす》かに呼ばれる。遙か遠くの、音のない声。そのような水の波動に呼ばれている。何か聞こえる。内側からか外側からか。多分、未生の、色の消えた闇に誘《いざな》われている。影絵みたいな木々の梢の間に、揺れて光るものは何だろうか。星だろうか。鬼火か。いや、仄《ほの》めく薄明りの空。青白く揺れる光。幻影か。

何か聞こえる。小鳥か。ホオジロだろうか。いや、切れ切れのこれは、遠くから絹糸のように透けて流れてくる誰かの悲鳴なのかもしれない。

嗚《あ》、芦の原だ。人の背丈ほどの。芦を漕ぐ。バキバキバキバキと茎を折る。折るたびに、尿のような臭い。腐った血の臭い。なぜだ？　芦は、果たして、芦ではなく、人ではないのか？　かつて屠《ほふ》られた人たちではないのか？

パルプ工場の煙突の方向に歩く。えっ、パルプ工場だって？　怪しいものだ。あれがそうであるとどうやって立証するのだ。煙はいま出ていない。ますます怪しい。煙突の根本辺りから時折熟れたトマトのような赤い火の玉が上がっているようだ。間を置いてズズーン・ズズーンと砲声と地響きがする。戦《いくさ》をしている。engage in warfare ――のようなことをやらかしている。

俺、しっかりと着地しているのか、足裏の感覚がお湯の中のようにどうもおぼつかない。ふと微風が闇を揺すり、これはオニシバリだろうか、仄かに甘い匂いが一刹那、鼻を掠《かす》める。皆が寝静まった昧爽《まいそう》の、夜でもなければ朝でもない、半透明の空気を吸う。立ち泳ぎの格好で、しずしずと歩く。重い声が聞こえてくる。まるでこれは百噸《トン》もの重機の呻《うな》り、軋《きし》り。臓腑に響く通奏低音だ。

「私について来い、おまえを案内してやる。ここからおまえを永劫の場所〔地獄〕へ連れて行く。そこでおまえは絶望の叫びを聞くだろう……」「呵責に悩む古代の人々の亡霊を見るだろう。みな第二の死を叫び求めているのだ。また〔煉獄の〕火の中にあって満足している人々も見るだろう[*1]。」

と、行く手に長い堤防があるのだ。遠くに烏賊《いか》釣り船の青白い灯り点々。或いは冥土の燈明か。しかしだ、外洋は敢えて無視しよう。堤防をとぼとぼと歩め。屠所の羊。その歩みで。俺および俺たちは、そうだ、みな屠所の羊だ。逃げようがない、逃げる術を知らない、死ぬまで知ろうともしない羊だ。メエメエ、メエメエ。見ろ、俺および俺たちは、狂った羊の目をしている。穏やかに狂った、痴呆の羊たち。メエメエ、メエメエ……。

左に行けば、白い灯台。もしも右に赴くならば、裸足でどんどこどんどこ歩けば（まだ明けぬ間のことだ。誰もそうしようとはしないが）、ついに百年の血の凝《こご》りに行きつく。ガーネット色の入り江だ。記憶の入り江だ。
嗚、俺、ゆっくりと反転しはじめている。病癖なのだ。これは体質だ。入り江の作用でいたしかたなく捲《めく》れるのだ。軀が（いや、「軀」をイメージする「意識」が、か）軀の内側にイソギンチャクみたいに沈み込んでいく。全体に捲れていく。

捲れつつ、入り江の端を眺める。そうだ、入り江は外にではなく、俺の体内深くに漲《みなぎ》っているのだった。突如、薄闇に生白い女の腕《かいな》が一本、ニョロリと横様に伸びてくる。湯上がりの女だ。それは匂いで知れる。

かつて俺が首を絞めて殺した、かなり昵懇《じっこん》の女。やや太肉《ふとりじし》の。眼に北の海峡を宿し、両の耳にオオバキスミレの黄色い花を咲かせた、掠れ声の女。俺に退屈な〈人の道〉を諭そうとした人のよいデブ女。

だが、湯上がり？　そうか、入り江から湧きでてきたのか。

嗚、俺、忘れている。忘れるほうが楽だからな。それとも、忘れたふりをしている。失念を己に強いることだってできる。欺罔《きもう》。いやはや、何という化け物か！　人ってすこぶる達者だ。他者だけでなく己をも欺くことができる。記憶の箱の中身ををあらかた入れ替えることだって、やろうと思えばやれる。斯《か》く、やってきたではないか。それでいて欺罔ではないと思うこともできる。ハハハ。一ミリグラムの悪意もなしに。記憶の入り江の底に黒い藻のように、恥ずべき汚泥のように、悍《おぞ》ましい影絵がウラウラと漂っているというのに。

恥ずべきだと？　えっ、誰が恥じているというのだ。何を恥じているというのだ。諸君、実に「忌まわしい過去から／階段が上にのびている[*2]」のだ。そうではないかね？

例えば、古びたビルディングの地下二階。新品の高級カルビ用肉切り鋏を用いて、グチョン、グチョン、泣き叫ぶ若い男のアキレス腱を左右とも〈革命的に切断〉できたのは、いずれは忘却も許される、ちょっとした過誤でしたとでも言うのかね？　所謂《いわゆる》〝若気の至り〟か、あれが？　どのような思想、いかなる詩、どれほどの芸域があれを可能ならしめたのか。あれって、今や問う意味もない影絵なのか。

蓋《けだ》し、絶望はかつて、いかにもあるようなふりをして、その実、さっぱりなかったのではないか。絶望は究極の〈個〉のみが、身を剪《き》るほどに冷たい真水のように、身体の深奥に湧かせる最も高度な水だ。究極の〈個〉がなければ絶望もない。真性の絶望なんかなかった。人びとはテレビジョンとともに同じ笑いをゲラゲラ笑っていた。いまも笑っている。精々、笑いやがれ！　即ち、究極の〈個〉もいまだかつて在ったためしがなかったのだ。

「『本当の生がここにはない』。それでも私たちは世界に存在している」[*3]。致し方なく死ぬまで存在し続けている。死ぬまでは生きるほかない。存在にも〈時〉にも、意味など永遠にありはしない。何も期待するな。些《いささ》かも楽観するな。ただ、入り江の〈時〉に徒《いたずら》に浸潤されているだけなのだ。

俺は殺人者だ。内側に抑えがたい原始の心性を抱えた殺人者だ。そして、下卑た殺人者だからこそわかることがある。入り江に早晩、喩えようもなく巨《おお》きな水柱がズバーン、ズバーンと幾本も立つだろう。諸君、**戦争**である。嗚、オニシバリが甘く匂うよ。

＊1　ダンテ・アリギエーリ『神曲 地獄篇』
＊2　パウル・ツェラン『雪の区域《パート》』飯吉光夫＝訳
＊3　エマニュエル・レヴィナス『全体性と無限』

II

「新たな戦前」に際して——『1★9★3★7』国際読書会の意義

「割《わり》」という、いささかえげつない日本語がある。「割を食う」や「割に合わない」との用い、「損得勘定がひき合わない」ことを意味する。「正直者が割を食う世の中」との用例も、まるで古語のごとく辞書には載っているけれども、戦前戦中だけでなく現代日本社会にあっても、一般に〃正直者〃は損をする。つまり、元手と儲け、労力と結果が釣り合わないことになっている。今風に言うなら〃コスパ〃の悪いことを余儀なくやってしまうのである。

何をもって損となし得とするかを深く吟味しないとすれば、『1★9★3★7』国際読書会も「割に合わない」試みであったかもしれない。いや、そもそも拙著『1★9★3★7』自体が割のよい仕事ではないことをわたしは執筆時から何とはなしに承知していた。蒼然として怪しい過去を剔抉《てっけつ》したり、苔むす墓を暴いたりすることは、このいじましき極東の弧状列島にあっては、仮にその倫理的必要性があったとしても、美徳とはされないどころか眉をひそめられたりする。

ひねくれ者のわたしは但し、「割に合わない」試みを、であるがゆえにこよなく偏愛する癖がある。『1★9★3★7』国際読書会の試みに、わたしは〈そのように無謀な〉計画を敢行せんとした中心メンバーがいずれも女性であることに甚《いた》く首肯するとともに、であるがゆえに快哉を叫んだのであった。

「割」とは、しかしわたしの常用語ではない。打ち明ければ、坪井秀人の著作に学んだのである。坪井は『声の祝祭――日本近代詩と戦争』（名古屋大学出版会／1997年）という、その重要性と深度において、類い希《まれ》な労作の第九章「声の祝祭――戦争詩の時代」の冒頭で《最も割の合わない仕事》という、やや縒《よ》れ気味の熟語を引用している。元は今村冬三が『幻影解「大東亜戦争」――戦争に向き合わされた詩人たち』（葦書房／1989年）のなかで櫻本富雄の仕事について述懐したものなのだが、坪井秀人は次のように記している。

「数ある日本近現代詩の研究領域の中で櫻本富雄は《最も割の合わない仕事》を執拗に持続してきた批評家の一人であろう。彼が目的とするところは、大東亜戦争を中心とする戦時下にいわゆる〈戦争詩〉を書いた詩人たちの戦争責任の追及である」（165頁上段）

櫻本富雄は、だが、概ね〃シカト〃されてきた。平たく言えば煙たがられてきた節がある。ま、そりゃあそうだろう。詩人らの大多数が戦争賛美・大元帥陛下崇拝の、坪井秀人に言わせれば、〈屑詩《くず》〉をこれでもかこれでもかと書きまくり、敗戦後にはいち早く口を拭って「反戦詩人」「反骨の詩人」にまんまとなり果《おお》せた御仁が少なからずいたのだから。

そのことを櫻本は『空白と責任――戦時下の詩人たち』（未来社／1983年）などで遠慮会釈なく暴露したのだった。たかが詩ではない。戦時下の詩はときに銃器以上の武器であり、ファッショ的宣伝効果があったのである。有名無名の別なく詩人たちは書きまくった。詩は今では考えられないほど〃繁盛〃した。

櫻本はそうした過去の異様な喧噪を告発したのだった。蒼然としていとどに怪しい過去には敢えて触《さわ》らず、そっと不問に付しておくのが、我がジパングの〃醜悪な美風〃であるにもかかわらず、である。逆に見れば、この種の告発は日本では好まれない。暗部はしばしば見て見ぬ振りをされる。だからこそ、国際読書会は意義ある試みとなったと思う。

国際読書会参加者の発言は、いずれも極めて真摯であり何度でも傾聴すべき価値あるものであった。ただ、拙著でもこだわった天皇制も与《あずか》って、戦争協力の責任主体を故意に（または無意識に）曖昧にしてきた、日本流のいわゆる「鵺《ぬえ》のようなファシズム」の正体なり尻尾なりを摑むことはできたのか。心許ない。

当然のことながら、『1★9★3★7』執筆前から、わたしは櫻本の仕事を愛読書とは言えないまでも〝苦々しい必読書〟と考えてきた。ニッポンあるいはニッポンジンの心性の一端とその伏流を回顧するうえで、苦痛と苦い味は避けて通れない。戦前戦中と戦後の連続性と見かけだけの断絶を知るうえでは、政治論文だけでなく文芸、とりわけ詩作品を参照する必要がある。それらは強いられて書いたのか、詩人らが自らすすんで書いたのか——。櫻本は言う。

> 半ば強制されても、それを拒否して殺害された詩人は、ただの一人も存在しなかった。これが、詩人たちの戦時下の状況である。（中略）多くの詩人は、みずからの意志で、国家主義的、国粋的感情を、高唱したのである。
>
> （櫻本富雄『空白と責任——戦時下の詩人たち』214頁）

そうであろう。何につけこの国のやり方は全員参加型であり、国家主義的、国粋的感情を高唱するのを感激こそしても滅多に恥じ入ることがない。例えば、近藤東（1904〜1988年）という詩人。彼を知ったのも櫻本の本からであった。近藤についてはかつて、〃香水入りの詩集〃を上梓した、明治大学ゆかりのモダニスト詩人……程度の知識しかなかった。しかし、1960年から、日本詩人会理事長・会長を務めた彼もまたご多分に漏れず、「勝利ノ子」（1944年）などのいちいち引用するのもバカバカしい〈戦争詩〉を書いていたのであった。人びとは皆でこの種の〈戦争詩〉を唱和したのであり、そのかぎりにおいて「異端」はほぼ皆無であったのだ。

前述の坪井秀人は『声の祝祭』第八章「戦争詩論の前提」で、佐藤春夫、三好達治、野口米次郎ら「代表的な戦争詩人」の名前を挙げ、極めて重要な指摘をしている。「〈彼は戦争詩を書いたがそれによって彼の詩業の価値は些かも損なわれるものではない〉式の評言がいまだに繰り返されている。このような見苦しい弁明が戦争詩と同様あるいはそれ以上に罪深いことをまずは認識すべきなのである」（161頁上段）。しかし何をどう譴責《けんせき》されようとも、彼らは概ね〃無傷〃である。この国のおよそ信じがたい神経の図太さはそこにある。近藤東も例外ではない。

彼ハ大イナル困難ノ歳ニ生レタ

ソレハ同時ニ
大イナル勝利ノ歳デモアッタ

近藤東の「勝利ノ子」の冒頭三行は、もはや「詩」の名にも値しない空疎なアジ演説に等しい。しかしながら、よく読むといい。〈戦争詩〉=〈屑詩〉は2023年のいま、奇妙な現実味を帯びて再び起ち上がってはいないか。苦しい弁明は不要、なにも罪深くはない……というい でたちで、堂々と。

戦前戦中の恥ずべき所業をひたすら隠蔽し、あるいは戦後民主主義の虚妄を〈おためごかし〉と難じている間にも、即ちニッポンの実像とは何かを考えあぐねているうちに、新たな戦争の影が近づいてきている。尾形亀之助のように有り体に言うなら「大きな戦争がぼつ発してゐることは便所の蠅のやうなものでも知つてゐる」(「大キナ戦 1蠅と角笛」1942年)のだ。

ところで、旧臘《きゅうろう》のことだが、思想家や詩人ではなく、タモリという芸能人が『徹子の部屋』(テレビ朝日)に出演したときの発言がちょっとした波紋を広げた。視聴した訳ではないので以下はネットからの引用となるが、黒柳徹子から「来年(2023年)はどんな年になるでしょう?」と訊かれると、タモリはやや間をおいて「新しい戦前になるんじゃないでしょうか」と答えたというのである。そのとおりである。

新たな戦前がきている。そのこともタモリより随分前から櫻本富雄は『空白と責任』の「あとがき」などで左のように繰り返し警告していた。

> 戦争責任を行方不明にする戦後は存在しない。その戦後は、いぜんとして戦時下であり、新たな戦前である。いまこそ、戦後への出発を！

これは言葉遊びではない。ニッポンの戦後は醒めて仔細に見れば「いぜんとして戦時下であり、新たな戦前である」ことが、いまさら明らかになった。戦前というからにはこれからが戦争である。それは「便所の蠅のやうなものでも知つてゐる」のだ。恐らく、もう手遅れである。

日々に朧なる「9条」の幻視——とても気疎い戦争の時代に

足下で小さな犬があくびをしている。白内障が進み心臓も腎臓もよくない彼女がなんとか14歳まで生き延びていることをわたしは喜び、もう数年がんばってくれないかと内心切に願っている。わたしはわたしで脳出血とがんに相次いで見舞われてから、いろいろ苦労はあったけれど、かれこれ20年になる。だがしかし、万事まことに慶賀の至りとはならない。なるわけがない。

めっきり白い毛が増えた犬の頭を撫でながら、黯然《あんぜん》と「未来」を思う。いま、よりよき未来がやってくると本気で信じている人がどれほどいるだろうか。わたしには妙な確信があるのだ。未来はまちがいなくいまよりもっと悪くなるだろう。やがてこの犬は死に、わたしも再び病むか、遠からず死ぬかするだろう。なにより危ないのは戦争だ。それに連なる事象がすでにあちこちで起きている。

それらをいかにも避けがたいことと直覚するからこそ、却って現実から逃れ、眼をそむけ、世界とか未来とか正義とかの〝大きな言葉〟を忌み、ミニマムな生活に埋没するのかもしれない。

「日々は何の理由もなく日々につけ加えられる。これは終わることのない単調な足し算だ」。そう書いたのはサルトルであった。『嘔吐』で。いや、誰でもよい。問題は、わたしがかつて読んだ本たちの〈読み直し〉を迫られていることだ。省みて青ざめる。いかに多くの誤読と勘違いを重ねてきたことか。いかに情況を楽観してきたことか。そのことと同居している犬の嘔吐事件の関係を考えるともなく考える。

よく吐く犬なのだ。先日は夜半に嘔吐しはじめ、朝まで苦しそうに吐きつづけた。饐《す》えた臭いが寝室に充満する。わたしは恐慌をきたしながらも、左手で吐瀉物を掃除したり犬の躰をさすったりして結局、徹夜した。その際、寝ぼけた頭にボンヤリと言葉が浮かんだ。

「明晰さ――精神が真なるものに開かれていること――とは、戦争のたえざる可能性を見てとることにあるのではないか。戦争状態は道徳を宙吊りにする。戦争状態は、いつの世も変わらず永遠だとされた制度や義務から永遠性を剝ぎとり、それによって無条件的な命法をすべて一時的に無効にする。戦争状態は、人間の行為にあらかじめ影を落とす」「戦争は道徳を笑いの種にしてしまうのだ」

エマニュエル・レヴィナスの『全体性と無限』（藤岡俊博＝訳）の「序」である。犬は胃の内容物をすっかり吐ききり、白い泡を口角に浮かべている。その泡を布で拭きとりつつ、わたしは何かに打たれるように「戦争のたえざる可能性」の意味することが初めてわかった気がした。それは闇夜に牙をむきだして横たわり、ひたすら腐れゆく獣の死骸に似て恐ろしくも悍《おぞ》ましいものだ。

右のレヴィナスの文章に、試みに憲法第9条を重ねて考えてみる。バカげているだろうか。犬は吐き疲れて横たわってわたしを見ている。

「日本国民は、正義と秩序を基調とする国際平和を誠実に希求し、国権の発動たる戦争と、武力による威嚇又は武力の行使は、国際紛争を解決する手段としては、永久にこれを放棄する。

②前項の目的を達するため、陸海空軍その他の戦力は、これを保持しない。国の交戦権は、これを認めない」

左右両派の手垢にまみれ、いまや泥足で蹴られ踏みににじられ嘲笑もされている条文である。「国家最高の法規範」でありながら、実際には権力者に敵視され、瀕死か危篤状態の哀れな文言である。しかし、今となってはなんという夢か、ラディカリズムか。いっそ新鮮で、そぞろ懐かしくさえある。

一体、「戦争放棄」、「戦力不保持」、「交戦権の否認」の3つを規範的要素とする基本法とはそもそも何だったのか。夜が更けるとともにわたしはだんだん物狂おしくなる。この国は戦後の単なる〝擬態〟としてこれらを誓ったふりをしてきただけなのか。犬が起き上がりよろよろとすり寄ってきた。胃が空っぽになり躰が冷えて心細くなったのだろう。頼りない肋骨のあたりを触ってみる。嘔吐で一気に痩せた気がする。

犬の顔、とりわけ嘔吐で疲れきった深夜のそれは、なにやら受苦者の苦悩を刻んでいるようにも見える。語ろうとして語りえない生き物の内奥を予《あらかじ》め知っている思想家か宗教者のようだと言ったら言い過ぎだろうか。実存は様態がどうあれ本質に先行するという「理《ことわり》」を熟知していなければあのように諦めきった顔にはなるまいと思わせる。

また思いだす。昨年末のことだが、タモリという芸能人が『徹子の部屋』に出演したときの発言がちょっとした波紋を広げた。黒柳徹子から「来年（２０２３年）はどんな年になるでしょう？」と訊かれると、やや間をおいて「新しい戦前になるんじゃないでしょうか」と答えたというのである。劇的な騒ぎになったわけではない。タモリはしれっとそれを語り、世間は「やっぱり」と感じ入るか、「まさか」と反発するかしただけのことである。

タモリの予言のとおりなら、現在は戦争を目前にしていることになる。たしかに日本の軍事費は、防衛力を5年以内に抜本的に強化するという初年度の予算として、

2022年度より1兆4000億円も上積みされ、過去最大の約6兆8000億円となった。

同盟国への攻撃を自国への攻撃と見なし報復する意図を示すことで、第三国に攻撃をためらわせようとする「拡大抑止」という安全保障上の考え方もいつのまにか支持を広げているようだ。「戦争放棄」、「戦力不保持」、「交戦権の否認」の3つを規範的要素とする平和憲法などまるで邪魔物扱いである。

換言するならば、わたしたちは熟考と決断を迫られている。9条の理念を〝きれいごと〟としてうち捨てて敢然として戦える共同体を確立するか、迫りくる戦火に怯《おび》えて尻尾を巻いて逃げるか。

戦火のただなかにあるウクライナのゼレンスキー大統領は「第3次世界大戦のリスクを高めるよりも、ウクライナを支援する方が安上がりだ」と述べ、青臭い理想論より具体的な軍事支援を訴える。

足の指がくすぐったい。犬が舐めているのだ。ますます台頭する強者の思想が鬱陶しい。名もなき者、力なき者、貧しき者たちのために、わたしは必死で戦ったことがあるだろうか。9条を理想の盾として死ぬ気で闘争してきたか。「戦争状態は、人間の行為にあらかじめ影を落とす」としたら、いまがそうではないか。9条は実のところ、未だ実践されたことのない境地なのではないか。

犬が鼾《いびき》をかきはじめた。小さいくせに鼾は大きな猛犬のようだ。わたしは苦笑する。平和は一瞬である。その一瞬がいまなのだと思う。

III

1969

「1969」のマークのある帽子を見つけ、買った。ダメージ・ジーンズと同じような洗いざらしで、つばのあたりをボロボロに使い古したように加工した野球帽である。それをかぶって週2回、杖をついて老健のリハビリに行く。得意気に。職員も理学療法士も利用者のお婆ちゃんもお爺ちゃんも、残念ながら、帽子に関してはなにも言ってくれない。

老健リハビリで最初にやるのは、椅子に座っての集合着座体操である。躰を動かす前に、指導に当たる若い女性の理学療法士や介護士から優しい口調で「今日は何年何月何日の何曜日でしょうか?」と問われる。

トロトロと眠りに落ちそうな気分が醒まされ、わたしは毎回ギクリとする。即座に答えられないのだ。そして即答できない自分にあわてる。1969年を多少は意識していても、今日の年月日などほとんど失念している。

指導役の女性は年月日を問うことに、脳の覚醒をうながす以外には特段の目的意識を持ってはいまい。具体的なマニュアルがあるわけでもなかろう。だが、彼女はわれわれ老人に、難しい言葉で言えば、「通時的」であることを無意識に求めているようだ。

時間的・歴史的な変化の過程を考慮に入れない「共時的」で抽象的な存在というのでなく、現《うつつ》の時間や出来事、催事のなかで、なにがなしうちそろって笑ったり歌ったりして楽しく生きること、つまり通時性がここでは暗黙の前提とされている。

正月、成人の日、豆まき、バレンタインデー、天皇誕生日、ひな祭り、春分の日、海の日、山の日、秋分の日、クリスマス……。催事にはそれぞれの歌がある。「としのはじめのためしとて」「あかりをつけましょぼんぼりに」「ジングルベル」などなど。季節や催事に関係なく「桃太郎さん」「雨降りお月さん」もよく歌われる。突っ伏して眠っている老人もいる。なにを歌っても、そぞろうら悲しく聞こえる。わたしは歌わない。

なぜ歌わないのだろう？　自己分析するに、おそらく、〈彼ら彼女らとわたしは違う〉と主張したがっているのではないか。１９６９マークの帽子をかぶったわたしは、求められるままに児童唱歌を合唱したりはしない。なにしろ１９６９を、いわば内面の結節点とした自分は、尿漏れパッドをつけた「ご高齢者さま」なんかといっしょにされたくないのだ。

１９６９年はすごかったな。若者たちはみな燃えていた。火炎瓶がボンボン飛んだ。

東大安田講堂攻防戦。投石、放水。逮捕者600名以上。10・21国際反戦デー。学生たちは新宿を中心に各地で機動隊と衝突。逮捕者約1600人。佐藤栄作首相（当時）訪米反対デモ。逮捕者2500人。〈いま、なにかが起きている〉〈きっと世界は変わる〉と思っていた。

機動隊とのもみあい。叫び、怒号。殴打し、殴打される鈍い音。なんでも直接的だった。警察官の制服の臭い、血の臭いをまだ憶えている。ジュラルミンの盾でよく頭を殴られた。手の指が折れた。痛かった。

わたしはそのころ、自分をたしか〈わたしたち〉もしくは〈われわれ〉と思っていた。いま、わたしはわたしであり、〈わたしたち〉ではない。どうしてだろう。茫々と考えていたら、介護士に名前を呼ばれた。トイレは大丈夫ですかと心配してくれているのである。

1969の帽子をかぶったわたしはムッとする。失礼ではないか。この帽子が見えないのか！　1969だぞ！　だが尿意には勝てない。杖をついてヨロヨロとトイレに行く。チョロチョロと寂しく用を足しながら思う。昔は半日でもトイレをがまんしてデモをしたものだ。オシッコにももっと勢いがあった。

じつはノコギリヤシのサプリをひそかに飲みはじめている。排尿困難改善のために。

チキショウめ、老いるとは〝屈辱〟なのか。１９６９の帽子を目深にかぶったわたしは呻吟する。ドアの向こうで介護士の声がする。「お手伝いしなくて大丈夫ですかあ？」

犬

黄砂の日、同居犬がうずくまって何かを夢中でしゃぶっている。わたしに隠すようにして、ときどき体の向きを変える。隠したって何を食っているかわたしは知っている。平たい棒状の、乾燥した黒い皮のようなもの。「豚ガレット」というやつだ。ガレットって、フランス料理の名前で「円く焼いた料理」という意味らしい。

そう言われると、なにやら大層なご馳走みたいだけれど、袋の表記には「豚の食道を乾燥させました。小型犬のストレス解消に最適」とあり、ギョッとする。

豚が殺され、解体され、誰かが内臓や耳を乾燥して犬用のおやつをこしらえ、宣伝し、わたしがこれを買い、12年間文字どおり同棲中の犬が、彼女にとっておそらく数十個目（いや数百個以上か）の豚の食道を食べている。不思議な気がする。窓は黄色く霞んでいる。遠くの森は見えない。上空をなにか（オスプレイか）がやかましく飛んでいる。

犬に関するかぎり、大抵はこちらの思い込みなのであろう。にしても、犬の横顔って哲学的だ。寝顔も思索的に見える。「受苦」や「諦観」さえ思わせるちょっとした翳りが目の端に浮かんでいたりもする。思い込みだとしても、それを誘う態度か気配か「内面」のようなものが犬にはある。

「犬は人によって再構成された動物」といった定義を読んだことがある。つまり、犬とは人との関係性においてはじめて犬たりうるということなのだ。人間界を離れて犬は存在しえない。犬は人に依存しているわけなのだが、よく考えれば、わたしも犬を頼りにしているのであり、いわゆる〈共依存〉の関係にある。

わたしは動物好きで、猫も好きだが、とりわけ犬が好きである。しかし、セントバーナードとかコッカースパニエルといった高価な犬種よりも、およそ販売に適さないよれよれの老犬のほうに目がいく。

例えば、ドストエフスキーの小説『虐げられた人びと』にでてくる「アゾルカ」という名の老犬。アゾルカは飼い主の痩せこけた老人に連れられてカフェにくるのだが、そこで倒れて死んでしまう。老人は必死で犬の名を呼ぶ。反応はない。そうこうするうちにその老人も倒れ伏して死ぬ。

「夢の中の出来事」のような、この悲しいシーンが好きだ。アゾルカがどんな犬かはわからないが、形影相弔《あいとむら》う人と犬の最期に、つい自分を重ねたりする。「受苦」「諦観」と書いたけれども、犬のもうひとつの魅力は「憐れさ」にあるのかもしれない。

犬の憐れさという場合、客体としての犬の憐れっぽい雰囲気と、主体としての犬の目がおのずから宿している、あたかもものの憐れを解しているかのような色合いの両方がある。犬はしばしば媚びもするけれど、こちらを優しく憐れむ寛容というか寛大というか、やんわりと包み込んでくれる広さがある。

同居中の犬はカラスほどの大きさの、心臓病（僧帽弁閉鎖不全）を患っている超小型犬である。わたしは彼女から多くのことを学んでいる。第一に、〈運命〉に逆らわないこと。即ち、〈運命〉には逆らっても逆らわなくても、どのみち流されてしまうこと。

第二に、明日を憂えず、未来を語らず、ひたぶるに目先の〈いま〉のみに生きること。第三に、貯金をせず、借金もしないこと。第四に、お喋りをしないこと。大言壮語はNG。まれに無駄吠えすることがあっても、本音については沈黙を貫きとおすこと。第五、おのれが犬であることに不平不満を言わないこと……などを無言のうちに教えてくれる。

毎日、朝から寝るまで彼女に話しかける。ミャンマーのこと香港のこと、アジア系米国人への襲撃事件のことなど。犬は神妙な顔で聴いている。飽きるとあくびして、股間を舐めたりする。老いてもずいぶん柔らかな体である。

無知の力と自由の制限

大阪府の吉村洋文知事がジョージ・オーウェルを読んだことがあるかどうか知らない。おそらく読んでいないか誤読かのどちらかではないか。40代半ばの働き盛りの知事であれば、新型コロナウイルスの蔓延に直面し大胆な考えを吐露するのは当然と言えば当然である。

しかしながら、「社会不安、社会危機を解消するため、個人の自由を大きく制限することがあると、国会の場で決定していくことが重要だ」と述べた（2021年4月23日）のには大いに疑問がある。

そもそも自由の制限などと簡単に言ってもらっては困るのだ。補償金の有無とその多寡だけではない極めて重大な問題がここにはある。

病疫の脅威がいま、世界を外面的にも内面的にも劇的に変えつつある。緊急事態宣言の発出は、私権の制限に結びつくものであるにもかかわらず、大きな抵抗はなく、おおむね受容されているようだ。吉村知事は同月20日の会見でも、「究極のことを言うと」

と前置きして「日本の法体系では個人の自由が重視されている。個人の自由を制限することはやってない。本質的にはそこをやらなければいけないのでは」と述べた。Oh my God! 事実上、改憲の必要を語ったのである。

新型コロナの猛威と戦うのを口実に、個人の立ち居振る舞いや言論表現がことさらに監視され、甚だしくはいちいち干渉され統制されるのは、時の勢いとはいえ、なんだかひっかかる。危ないなと思う。そもそも「自由」とはなにか、なんであったかをここでふりかえってみるのも無駄ではないだろう。それはかつて「内なる必然から行為する自発性」と定義された至高のイデーであった。

自由は夥《おびただ》しい努力と犠牲のうえにのみ達成されうる目標なのであり、いかな危急存亡の秋《とき》といえども軽々に制限を唱えるのは、自由がなにかを知らない者にしてなしうる「無知の力」からにほかならない。

オーウェルの名作『1984年』（1949年刊）における全体主義国家では、「自由は屈従である（FREEDOM IS SLAVERY）」のスローガンが、「戦争は平和である（WAR IS PEACE）」「無知は力である（IGNORANCE IS STRENGTH）」とともに支配政党の党是とされている。これらは強権的に統制された社会システムの暗喩でありアイロニーでもあるのだが、コロナ時代の21世紀現在にも通じる恐ろしい悪水が黒光りしているようだ。

コロナとその変異株への恐怖をテコに都市封鎖や外出制限、商業施設の営業禁止などの対応策がとられるのはやむをえないとする考え方は現下、ごく一般的かもしれない。だが、なにをやってもよいということではない。吉村知事がさらりと言ってのける「自由の制限」は、暫定的な方策ではなく、日本国憲法の存立にかかわる基本理念の重大な改変を求めるものではないだろうか。

現行憲法には緊急事態条項（国家緊急権）がない。緊急事態条項は、戦争や大災害といった非常事態下では、国会の審議を経ることなく、内閣に権限を集中させ人権の制限を可能とするものである。自民党は、2018年の党大会で、憲法9条1項、2項を残した上で「必要な自衛の措置をとるための実力組織」として自衛隊を憲法に明記すること及び緊急事態条項新設などの4項目の改憲案を示したが、これこそ「自由の制限」を誘導する発条《バネ》である。

吉村知事の言う「そこをやらなければならない」とは、まさに自民党の〝悲願〟でもある改憲なのであり、それはとりもなおさず、個人の行動に大胆に踏み込む「自由の制限」を法制化すべしと言うのと同義なのだ。

状況はリアルに悪化し劣化している。病疫の蔓延は紛れもない緊急事態である以上、改憲↓「自由の制限」もやむなしという議論がここにきて奇妙な〝説得力〟をもちつつあるようだ。だが、わたしはファシズムに反対する。コロナとの戦いを口実にしたそれにも反対する。

雨中のまどろみ

しのつく雨の中、病院に行ったらひどい湿気が立ちこめていて、人びとの輪郭が煮くずれたみたいに朦朧としていた。気のせいか、うす暗い。杖をつきつき長い廊下を歩いていくうち、不意に足下がくずれてマングローブの茂る生ぬるい沼に引きずりこまれていくような危うい感覚におそわれた。それは初めてのことではなく、かつてどこかで実際に経験したことの不意の回想であるように思われた。さて、どこだったか、いつだったか……。待合室で、想いだしたところで詮ない「場」と「時」をたぐり寄せようとしながら、まどろんだ。切れぎれの夢をみた。わたしは米軍のヘリでソマリアの夜をぶるぶる震えながら飛んでいた。首都モガディシオの上空。眼下に一群の夜光虫のような青白い光の戦《そよ》ぎを見た。夜間の交戦である。美しい。あえかだ。殺し合いをしているのに、そう思った。この死をはりつけた「美」は文字ではとうてい描きようがない。わたしは心中なにかに躓《つまず》き、うめいた。

わたしの診察の番はまだずっと後だ。半睡の脳裡のスクリーンにふとオジギソウを見る。ジャワ島はボロブドゥール寺院の近くの草地だ。しゃがんでピンクの花をつけたオジギソウに触ってみる。冷たい葉が内側に閉じてゆき、右手の人さし指が挟まれる。高をくくっていたのだが、指がどうしても葉から抜けなくなる。〈危ない。地震がくるよ〉……閉じた葉が顫動《せんどう》して指に危険を伝えてくる。焦る。

「新型コロナ感染防止のため……」の院内アナウンスでいったん夢が絶ちきられ、再び睡魔におそわれた。まなうらに砂丘と青空が見えてくる。男ばかり5人ほどが砂浜を這うようにしてなにかを探している。静かだ。だれも口をきかない。「日本に持っていったら高く売れるよ」。そうわたしが言ったことで風景が一変したのだ。

そこは択捉島《エトロフ》であった。砂浜に黒曜石の矢じりが埋まっていた。「キャビアより高いんだ」。わたしはジョークのつもりでいいかげんなことを言った。が、ロシア人の通訳も運転手もガイドも笑わなかった。予定にはない〈矢じり探し〉がはじまった。なぜか徐々に奇妙な緊張が生まれた。だれも見ていない。風の音とカモメの声しか聞こえない。わたしたちは砂浜にそれぞれに散り、三角に尖った黒光りする石を黙々と探してはポケットに入れた。

それらは遠い昔アイヌが使っていた狩猟道具だったと思われるのだが、だれもそんな話はせず、ひたすら口を噤《つぐ》んで砂地を掘ったり匍匐《ほふく》前進したりした。矢じりの形状からそこがアイヌの居住地域であり、それゆえ択捉島は日本領だ、いやロシア領だという議論にもなりはしなかった。人の泣き声に似た風の音が、ときおり砂浜をうねった。風は風上からくるのでなく古《いにしえ》の地下から吹きあがってくるのだとわたしは思った。

矢じり探しの前に、あることが起きた。わたしは自らしたことなのに一向に気持ちが落ちつかず、しきりに悔いていた。ロシア製の猟銃で小川のデコイに近づいてきたじつにきれいなカモを撃ち殺したのだ。葦の陰に隠れて、カモが後ろ向きになった瞬間に引き金を引いた。その後の展開がどうなるか想像していなかった。カモは驚くほどたくさんの和毛《にこげ》を飛び散らかして死んだ。首が直角に曲がっていた。「ハラショー！」。男たちの野太い声が川面を揺らした。

二度と狩りなどすまい。わたしは狼狽してそう誓った。矢じり探しは、だから気分転換でもあった。少なくともカモ殺しの記憶を薄めたいと願った。だが、択捉の自然のような清澄さは望んでもありえないのだろうか。わたしたちは矢じりの収穫量を報告しあうこともなく、黒曜石でズシリと重くなったポケットを気にしながら、カモ鍋に舌鼓を打ったのだった。

名前を呼ばれた。わたしは診察室に入った。気が重かった。

あの眼

　ここまで老いたのだから、当然、憶えきれないほどの景色にでくわしてきた。悲しいの、うれしいの、恥ずかしいの、驚くの、戸惑うの……色々だけれど、なまじ「視た」ことにより自分のどこかが崩壊するほど衝撃を受けたシーンはそうそうあるものではない。

　あれは果たして視た方がよかったのか、視ない方がよかったのか……。ずいぶん前のことである。わたしはＮＨＫ教育テレビ（現在の「Ｅテレ」）の「世紀末の風景」というシリーズの企画に加わり、連続出演していた。そのなかの「棄《す》てられしものたちの残像」の回ほど忘れがたい経験はなかった。視ることによりわたしは深く受傷した。

　首都圏のとある「動物保護センター」といわれる公的施設を見学したことがある。「保護」とは言うけれど、そこでなにがおこなわれているかわたしは予め知っていた。飼い主が飼育放棄したり、長期間もらい手のない犬やネコの「殺処分」である。

　白い長靴に履き替えるよう求められた。消毒薬の臭いが鼻を撃つ。悲しげに尾を引く鳴き声が聞こえる。寒々しい大きな金属ケージに、十数頭の犬が入れられていた。近づくと、犬たちはいっせいにわたしを見つめる。〈ああ、やっと助けにきてくれたのですか〉――そんな必死の表情だ。鉄格子越しに懸命に前肢をのばしてくる犬もいた。

かれらは数分後に炭酸ガスの噴射で殺されることになっている。犬たちはそう伝えられたわけではないのに、運命をもう知っているかのような眼をしている。シベリアンハスキー、柴犬、ピットブル、コッカースパニエル、秋田犬、ミックス犬……ほとんどが首輪をしていた。

そこではじめて気がついたことがいくつかある。犬というのはわれわれが想像する以上に敏感な「感情体」だということ。運命の決定的な暗転を予感してか、死を前にした犬は体臭がにわかにきつくなる。かれらの態度はもちろん様々である。そわそわと歩き回る犬。隅っこにうずくまり、諦めきったような視線を床に落とす犬。犬は笑う動物だが、死を前にした犬たちは決して笑わない。うち沈み、恐怖におびえた眼をするのである。

わたしはもの狂おしくなる。眼と眼でかれらと向きあうのがつらくなる。突然、死刑の執行を思ったりする。人間の死刑執行と犬の殺処分を同列に考えるなんて、とんでもない。慌てて思いを打ち消し、いやまてよ、生きたがっている生体をシステマティックに殺すということではなにか関連性があるのではないか？　思いが乱れる。

にしても、おかしい。わたしはこれまでにいくつかの戦場を取材し、無残な屍体も眼にしてきたではないか。そう自問する。しかし、わたしは泣かなかった。戦場で泣くことはなかった。飢えた難民たちに接し、同情はしても涙することはなかった。なのに、犬のことになると、どうしてこうも動揺するのだろう？

第一、わたしは犬を食べたことがあるのだ。中国で、北朝鮮で、ベトナムで。とりわけ、平壌《ピョンヤン》の犬料理のフルコース（冷肉、スープ、炊き込みご飯）はとても美味であった。

そんなわたしが犬の殺処分ごときに悲しむとは、ひどい自己矛盾ではないか？　わたしは事実、殺処分の過程にある犬たちの眼を視て、心の中で泣いた。それは人以上に人のような眼なのであった。言葉はないのだけれど、悲しみをよく語る眼の色であった。

十数頭の犬たちはやがて鉄の壁に押されてガス室に送られ、炭酸ガスの噴射で口をかっと大きく開いて苦悶し、折り重なるようにして死んだ。それをわたしはモニターテレビで視た。屍体は焼却炉に押しいれられて８００〜９００度の熱で焼かれて粉々になった。

そのガス室を一部では「ドリームボックス」と言うらしい。一貫式の自動殺処分装置は日本製だという。死ぬ前の犬の眼をいまも忘れられない。

「恥」と「誇り」と

折あしくと言うべきか折りよくと言おうか、テレビジョンが壊れた。画像が映らず、音声だけになった。世界が急に静かになる。声にこそしなかったが、コレデヨシ、ザマアミロと思う。真っ黒の画面って間が抜けている。スイッチを消す。もう買いかえる気はない。

直前のアナウンサーの絶叫が耳に残っている。「やりましたあ、やりましたあ、ニッポン、また金メダル！　やりましたあ！」。声が嗄《か》れている。声量といい声質といい、ほとんど叫喚《きょうかん》である。歓喜が爆発し涙声になっている。その声に戦《おのの》き、とても同調できない当方との深い溝について考える。

どうしてこうなるのか。うっすら狂気すら感じる。むろんテレビ受像機が悪いのではない。人である。いま、人がおかしくなっている。病んでいるのかもしれない。画面上にテロップがでる。五輪のメダル獲得数およびコロナ新規感染者数。どちらがどちらかわからなくなる。まるで「躁」と「鬱」の同時的発症ではないか。

ふと、「恥」について思う。「人間であるがゆえの恥辱」ということ。体内の暗がりを一瞬の光で照らすように、われ知らず省みる。「恥」と「誇り」が微《かす》かに明滅する。それらはかつて、たがいに弾《はじ》きあう別種の感情だったはずである。しかし、いまは恥辱と栄光が、人間という容器のなかで融けあっているようだ。

だんだん想いだす。フランスの哲学者ジル・ドゥルーズも前世紀に「恥」に関し語ったのだった。「……人間であるがゆえの恥辱を、まったくとるにたりない状況で体験することもある」と述べ、その例として「あまりにも凡俗な考え方に直面したり、テレビのバラエティー番組を見たり、あるいは大臣の演説や『楽天家』のおしゃべりを聞いたりするとき、そうした恥辱が頭をもたげてくる……」と説いた(『記号と事件——1972-1990年の対話』宮林寛=訳)。

ここまで書きながら、脱力感と疲労感と徒労感と戦っている自身を、やや冷笑気味に見ている、もう一人のわたしがいたことを白状せざるをえない。つまり、縒《よ》れに縒れたわたしを自嘲する第三者的自分。四半世紀前はこうまで精神が曲折してはいなかった。

1995年、ドゥルーズ自殺の報道に接したとき、わたしはただ震えた。自死の因は謎なのだが、〈生きることの蹉跌《さてつ》〉は、わたしなりにどこか腑に落ちるものもあり、到底皮肉や冗談を言えるはずもなく、しばらくは暗然とした思いに沈んだものだ。

あれからいったい、なにが起きたのか。五輪に沸き立ついまは人びとの脳味噌が一斉に収縮でもしたかのように、おかしなことが起きている。人びとが連日、新型コロナに倒れているというのに、テレビからは歓声が聞こえてくる。弔歌をうたうべきときに嬉遊曲や行進曲が平気で奏でられている。あるいは、祝祭と葬儀を同時にいとなんでいるかのような狂気。

さっき、壊れたテレビジョンから切羽づまった声が流れた。「ニッポンに熱い声援を送ってください！」。ニッポンニアツイセイエンヲオクッテクダサイ！　文法上はどこもおかしくないのに、発せられた言葉の根っこが腐ってしまっているものだから、声が異様にたわんで聞こえる。

死者たちや病人たちの躰を踏みつけて躍動するものとはなにか、思いをめぐらす。それはこのクニ特有のイナーシャ（慣性）なのではなかろうか。感染拡大はつとに予測され、確実視もされていた。にもかかわらず五輪開催に突き進んだものは、とめるにとめられない集団的慣性なのではないか。

再びドゥルーズの言葉が湧いてくる。「人類の貧困を生産する作業に加担して、骨の髄まで腐っていないような民主主義国家は存在しない」。そして、五輪の徒《あだ》な歓喜の後には、死刑執行が再開されるだろう。

空と血

見上げると目がたちまち青むような、まるで湖を浮かべたような空があった。その青の名前はなにか考えた。緑がかってはいないから、マリンブルーではない。アフガニスタンから帰国してから調べた。たぶんラピスラズリだ。青金石（ラズライト）を主成分とする鉱物で、和名では瑠璃《るり》という。青は青でも、朝ぼらけの空のように高貴に輝く、どちらかというと胆礬《たんばん》に似た青である。

戦費6兆円、死傷者10万人以上といわれるアフガン戦争がタリバンの全土支配と米軍の撤収で20年ぶりに終結したとされる。しかし、脱出希望者でごったがえす空港近くで米兵13人をふくむ多数が犠牲になる爆弾テロ事件が発生、アフガニスタンには平和と安定の兆しは見えていない。

空の話から始めたのは、標高1800メートルの山岳地帯に広がる空がことのほか美しいからだが、それだけではない。視線を下げるとあまりにも悲しい現実だらけだったのだ。わたしが国連機でカブールに入ったのは、9・11同時多発テロへの報復として米軍がアフガンに侵攻した2001年の暮れであった。街は荒み、人びとは暗がりの影絵のように力なく、悪臭ただようどぶ川には犬の死骸が浮かんでいた。

謎だった。上薬を塗り丁寧に磨き上げたような見事な空の下で、なぜこうも長く戦乱はつづくのか。アフガニスタンと米国という途方もない力の「非対称」だけでなく、天空と人の世界も、較べるのもおかしいほど非対称性の謎に満ちていると思われた。アフガンに行き、ひと目見ればわかる話なのだが、瀕死の病人を力をもてあます巨人が好き勝手に殴打しているような非対称性の理不尽が世界には存在しつづけている。

それは米国流の民主主義でも「対テロ戦争」の名によっても到底正当化しえない非対称性の「暴力」以外のなにものでもない……と、頭で考える以上にカブールでの経験は圧倒的にリアルであった。わたしは爆弾の炸裂で聴力を失い、精神に変調をきたしてヘラヘラと笑いつづけている子どもを見た。

あるいは黙々とクラスター爆弾の不発弾処理をしているスウェーデンのNGO活動家を見た。米軍によって投下されたクラスター爆弾は空中爆発すると数百メートル四方に無数の金属片が飛び散り、敵兵だけではなく不特定多数の住民らを殺傷する。不発弾も多く、それに触れて死傷した人びとは数え切れない。

クラスター爆弾はむしろ〝無差別〟を前提にしているのであって、この爆弾には〝誤爆〟もヘチマもありはしない。素性に関係なく「一面の人の群れ」が血だるまになってなぎ倒されるのだとスウェーデン人が教えてくれた。わたしはスウェーデン人に問うてみた。では、あなた方の不発弾処理は誰の発意と予算でなされているのかと。

スウェーデン人は口角をちょっと持ち上げ肩をすぼめてやや皮肉っぽく答えた。「米国だよ」。爆弾を投下するのも、不発弾処理のためのプロジェクトに資金を拠出するのも、適切な申告をしさえすれば誤爆被害の補償をするのも米国なのだという。聞いていてムラムラと腹が立ってくる。遠くから小鳥のさえずりと風の音。そのとき不意に「夢のような暗愚」という言葉が浮かんだのをいまでも憶えている。

夢のような暗愚はいまも途絶えていない。クラスター爆弾だけでなく、デイジーカッター、MOAB（大規模爆風爆弾）など核兵器につぐ強力兵器がアフガンで実戦使用され夥しい命を奪ったことにいまもなんらの反省もない。

米爆撃機が白い弧を描いて飛んでいたラピスラズリの空を遙かに想いだす。9・11から20年、人類にはまったく不思議なほど進歩がない。

「悩みのない存在」

歳とともに頭が靄《もや》るようになったのは老いゆく身体の必然だろうから特に文句はない。失念と忘却は自然の流れなのであり、ことさらに嘆き悲しむことでもないと強がってはいる。ところが、人という現象は不思議だ。忘却に忘却をかさねる一方で、今を去ること半世紀以上前に読んだ文章が脳裡に突如、鮮明に浮かんできたりする。これはどうしたことだろう。

最近よく浮かぶのは「悩みのない存在は存在のない存在である」のセンテンスである。奇妙と言えば奇妙である。「……存在は存在のない存在である」と言うのだからなんだかおかしい。だが、単に修辞を凝らした文章というのでもなさそうだし、わたしの誤想起でもない。

確かなのは、はるか昔に生きる方向を見失いもがいていたわたしが、右の文章に励まされたということである。より正確には、悩むのは人間の謂《い》わば特性のようなものだから大いに苦しみ悩むべしと諭されたような気がしたのだ。人間は誰しもあらまほしい理想がある分だけ、それを実現できない不満を抱え、苦悶する。つまり人とは〝受苦〟的な生き物である。

そう言うと、きょうびはネガティブに受けとられるかもしれないが、人の保つ受苦性はかつては肯定的にもとらえられていたのである。あるいは人間存在の動物とはちがう高次の思考の証のようにも受けとられていた。いまはちがう。おそらくパラダイムが劇的に変わってしまったか、その最中なのだろう。

受苦という生き方は今日、まったくと言ってよいほど流行らなくなった。「悩みのない存在は存在のない存在である」などというアフォリズムが愛されたのは、思えばテレビやスマホやネットなどのない〝紙の時代〟であったのだ。

わたしにはドイツの哲学者ルートヴィヒ・アンドレアス・フォイエルバッハ（1804〜1872）を愛読した一時期があった。マルクスよりも構えずに取り組める気安さがあったからだろう、特に『将来の哲学の根本命題』にはなじんだ。いまでも諳《そら》んじられる文言がいくつかある。

「困窮に悩む（notleidend）存在だけが、必然的な（notwendig）存在である」。「欲求のない存在は無意味な存在である」。「困窮のない存在は根拠のない存在である」。「悩むことのできるものだけが生存するに値する」。「悩みのない存在は存在のない存在である」――。

19世紀中葉に書かれた「人間論」とでも呼ぶべきこれら〃よく練られた断定〃は、いま思い返してみても突然に視界がパッと広がるほど新鮮である。と言ったところで、わたしの独りよがりかもしれないな。ただ、はっと気づく。フォイエルバッハとその時代は、極論するなら〃悩み礼賛〃の時代であったのだ。

現在はまったくちがう。眉間に縦じわをこしらえて、いかに生きるべきか日夜、深刻に悩み抜く者には何らかの精神障がいの病名がつけられて、然《しか》るべき薬を処方されるか、〃アタオカ〃などと冷笑されるのがオチなのである。と言っても、現在は悩むに値することがなくなったのではまったくない。逆である。

この世とそれに包摂された個人たちは、押しつぶされるほどの諸矛盾と困窮に喘《あえ》いでいる。と言うより、たぶん苦しんでいるはずであり内心では抗うべきであると感じているはずだ。吶喊《とっかん》はいつどこから聞こえても不思議ではないはずである。ところが聞こえてくるのは、ワハハ、ヘラヘラのバカ笑い。なぜか？　すっかり矯《た》めされたのだろう。長い時間をかけて人間は「欲求のない存在」のように矯正されてきたのかもしれない。ああ、また想い出した。「事物世界の価値増大にぴったりと比例して、人間世界の価値低下がひどくなる」。こちらはマルクス。予言は当たっている。

カラマーゾフと現在

村上春樹氏によれば、世の中には2種類の人間がいるという。それは何かと言えば、『カラマーゾフの兄弟』を読破したことのある人と、読破したことのない人だ」（ジム・フジーリ著『ペット・サウンズ』の訳者あとがき）そうだ。

氏一流のレトリックなのだが、伝え聞くところによれば、すでに繰り返し4回読んだというから傾倒のほどが知れる。が、上には上がある。哲学者ウィトゲンシュタイン（1889〜1951年）は、第一次世界大戦従軍時の数少ない私物の一つが『カラマーゾフの兄弟』だったこともあり、真否は定かでないが、同著を最低でも50回は精読したとか。

コロナ禍によいことなどなにもない。けれども強いてプラス効果を挙げるならば、人を多少なりとも内省的にさせたことではないだろうか。不安・不条理・無常感に囚われた人の内面がいくぶんか対自的になり、その流れで〈思念の森〉とでも呼ぶべき『カラマーゾフの兄弟』に近づいていったとしても不思議ではない。

かく言うわたしも「ステイ・ホーム」など抗いがたい行動規制のおかげで人生3度目の『カラマーゾフの兄弟』披見とはあいなった。これが思いもよらぬ〝大当たり〟で、3回目のカラマーゾフはまるで上質の哲学的推理小説のように面白くて頁を繰るのももどかしく、ついには2種類の邦訳を参照してみるほどのめりこんでしまったのだった。

若き日に読んだカラマーゾフと老いたるいまのカラマーゾフとでは、当然ながら感得する深度が異なる。1960、70年代の学園闘争の時代と現在では、カラマーゾフはまるで種の違うふたつの巨大な生き物のように立ち現れて、それぞれ別種の妖しい踊りを踊るのである。

では、どちらのカラマーゾフによりつよく惹かれるかと自問してみるなら、つまり、どの時代背景がこの作品をより蠱惑《こわく》的に際立たせたかと言えば、ウィトゲンシュタインにとっては第一次世界大戦だったのであり、わたしにとってはコロナ禍の「いま」なのである。

けだし、コロナ禍という〈明けない夜〉を悶々と過ごすのにカラマーゾフほどよき伴侶はないだろう。それはなぜだろうか。コロナ禍＝感染症パンデミックの大波が、じつのところ、生物学や医学など諸科学を超えて、文学、哲学、社会学といった分野をあまねく覆い、その謎は人間存在と世界の根元に深く関係すると思われるからである。謎を解く糸口が『カラマーゾフの兄弟』にはあると思われてならない。

ここで臆面もなく問わなければならないのが「神」の存否である。もしも神がこの世に存在しないとしたら……の仮説はドストエフスキー畢生《ひっせい》の大問題であった。神の不在は、とりもなおさず「絶対」の消失であり、『カラマーゾフの兄弟』においては無神論者イワンの哲学「神がなければ、すべてが許される」が導きだされたのだった。

あらためて仰天する。21世紀現在とはすでにして「神なくして許されざるなし」の結果、到達した惨憺たる曠野《こうや》ではないのか。ドストエフスキーの時代には、核兵器も極音速巡航ミサイルもスマホもなかった。しかし神の存否と人倫の価値を真剣に論議する土壌があったことは明らかである。そのことをそぞろ羨ましく思う。

マルクスとエンゲルスが起草した『共産党宣言』の発表が1848年。『カラマーゾフの兄弟』刊行が1879~80年。そして、ジャパンにおける2021年上半期「インスタ流行語大賞」は、どうでもいいが、「うっせぇわ」だそうである。

文目《あやめ》も分かぬ夜の森にも似たこの長編小説の奥行きは深すぎて、どこが森の果てやら出口やら見当もつかないまま読み手が迷子になってしまう。じつはそこが妙味なのである。わたしたちはいま、もっと迷子になるべきなのだ。

意識または痛覚について

犬猫は言うまでもないが、魚や樹木、草花も独特の意識または痛覚をもっているのではなかろうか。以前、熊野の森で樹齢800年だかの大樹（イチイガシだったか）を見上げたときそう思った。樹にはいくつかの洞《うろ》があり、フクロウが樹皮の紋様のようにひっそりと棲んでいた。どっしりとして静かなそのたたずまいには、こちらを威圧するのでなく、むしろ腕を広げて抱きかかえてくれるようなやさしい気配があった。

樹には心がある。わたしはそれを疑ったことがない。かれらは湿った樹心のあたりでなにかを思惟している。人びとが思いもつかない深く幽玄なことを、ときおり枝葉を微かに震わせたり散らせたりしながら考えている。そんなことはありえないと否定することはできない。否定しうる確かな根拠をわたしたちはもちあわせていない。

変異をかさねるコロナウイルスが世界を激しく変えている。そのことが念頭から去らない。「生は特権化された人々の権利にすぎなくなる」という米国の哲学者ジュディス・バトラーの予言めいた指摘が気になる。新型コロナの脅威を前にしてさえ人間の「生存の平等」は絵空事でしかないのか……。

木々の間に谷川が銀色に光っているあたりで伐採を見た。杣人《そまびと》が斧で樹を伐《き》り倒しているのではない。ヘルメットをかぶった作業員がチェーンソーで作業をしていたのだった。樹心からおが屑が景色もベージュ色にかすむほど勢いよく噴き上がる。チェーンソーが止まると、にわかに瀬の音が崖を這い上がってくる。

そのとき伐られる樹の悲鳴を聞いた。野太い声が「痛い！」とうめいていた。そう感じた。おが屑は樹の血吹雪なのだった。伐り倒される樹は腥《なまぐさ》い匂いを発した。あまりにも生々しかった。

不意に「実存は本質に先だつ」という言葉が浮かんだ。追いかけるように、「存在には本質がない」の文言を思い出す。そう言われてもどうにもならないのだが、少しばかり救われる気がしないでもなかった。樹に痛覚はあるか……と問うのにどれほどの意味があるかわからない。けれども、凡《おおよ》そこの世に存在するもので意識または痛覚のないものはないと判じるのは、あながちひどいまちがいでもないだろう。

問題はしかし樹だけではない。イカやタコ、カニ、ロブスターに意識や痛覚があるとしたらどうなるのか。英国では研究の結果、それらに痛覚があることがわかったとして動物福祉法の保護対象にする方針という。「生きたまま茹でるのは非人道的」という声もあるらしい。

ロンドン・スクール・オブ・エコノミクス（LSE）の調査研究によると、タコが感覚をもっているという仮説は非常に信頼性が高く、イカもさほどに敏感ではないものの、実質的に感覚はあるという。したがって、これらの生物を生きたまま冷凍したり、茹でて調理したりするのは「非人道的」な屠殺方法であり、生きたまま茹でることは「推奨しない」のだとか。

これはハフポスト日本版が報じたのだが、失笑を禁じえなかった。人道主義にみせかけた、いかにも英国らしいとんでもない偽善だからだ。「生きたまま茹でるのは非人道的」かどうかの議論が巧妙に隠している重大事がある。それはタコではなく、人間の痛覚である。

「他の痛み」を感じとるほどむずかしいことはない。貧困、差別、暴力からくる痛みを、わがこととして悩むのは容易ではない。わたしたちはCMのとおりに休養し、遊び、おしゃべりし、消費し、マスメディアの言うがままに他者を憎み、あるいは皇室を愛する習性をいつの間にか骨がらみもたされている。

「倫理資本主義」だの「成長と分配の好循環」を基本とする「新しい資本主義」だのと言われるようになったけれども、とうてい信じる気にはなれない。人の意識も痛覚も、じつのところ隙間なく商品化されつつあるからだ。バトラーの言うとおり生とは「特権化された人々の権利」になりさがってしまったのか。木々がざわめいている。

IV

これからどうなるのか？

会う人ごとに訊いている。「いったい、これからどうなりますかね？」。「えっ、なにが？」と訊きかえされることはまずない。大方の人がまるで質問を予期していたかのように眉をひそめて、もぐもぐと口ごもる。コロナ禍、医療逼迫、低賃金、格差、社会不安、自殺、子どもたちの将来および人間社会の未来、ウクライナ、ミャンマー、アフガン、イエメン情勢、予期せぬ自然災害……どれといって明るい材料はない。

こちらだって明快な答えを期待しているわけではない。その答えで安心したいというのでもない。わたしの目に映る現実はどうにもならぬほど暗い。世界には「真の生が欠けている」と書いたのはアルチュール・ランボーだったか。「真の生」がないのに、しかし、人びとはなお生きている。死ぬまでは生きざるをえないのだ。

なにがおかしいのだろう？　テレビ、ラジオからは絶えず狂者のように引きつった笑い声が聞こえてくる。この世界では、どのような性質の涙も、どれほど多くの量の涙でも、たちまちにして乾いてしまう。あっという間に乾かされる。そして、あるべき悲嘆をときとしてあってはいけない哄笑が代行する。

この四半世紀ほどの読書で最もつよく衝撃を受け、最も深く納得した思想的指摘は、思えば、じつに単純なことだった。生来疑り深いわたしは、いまでもその行《くだり》をためつすがめつしてみるのだが、時を経るごとにかえって揺るぎない確信となる。「技術の進歩は不可逆だが、政治は可逆的なものだ。つまり政治には進歩がないということだ」がそれである。

フランスの思想家レジス・ドゥブレが1993年に語った右の言葉（『屈服しないこと』原章二＝訳・《リキエスタ》の会刊）にわたしはまだこだわっている。ドゥブレが恐れたのは、核兵器など不可逆的なテクノロジーの発展が政治における「古く変わることのないもの」と結びつくことであった。そこに「とんでもない暴発の危険性が生じる」という。危険性は増しているとわたしは思う。

2021年1月6日、トランプ米大統領（当時）の支持者らがワシントンの連邦議会議事堂を襲撃した事件をだれが予想できただろうか。テクノロジーの進歩に目をうばわれたわれわれは、人間の歴史における「暴力の回帰的性格」（ドゥブレ）をときとして忘れがちである。

ジャン＝ジャック・ルソーは18世紀の哲学者だが、21世紀の人間の決定的弱点を予言していたようにもみえる。「人間のすべての知識のなかでもっとも有用でありながらもっとも進んでいないものは、人間に関する知識である」（『人間不平等起源論』本田喜代治＝訳）。宇宙旅行を可能にした高度の科学技術を獲得しながら、戦争を絶対的に回避する思想は依然きわめて脆弱である。

それどころか、戦争の危険はかつてより増大している。例えば、本稿掲載時にウクライナ情勢がどうなっているか見とおすのは困難である。集結中のロシア軍地上戦力は、10万人規模といわれ、この大部隊がなにごともなく平和裏に全面撤収すると考えるのは楽観的にすぎるようだ。

戦争といえば、太平洋戦争開戦80年を特集した報道企画が昨年から相次いだが、戦後日本の精神的、倫理的基軸が音もなくズレていくのを感じ戦慄した。おそらく若い記者やディレクターたちによって作られたのであろう、日本をまるで〝被害〟側のように構成したテレビ番組もあった。昭和天皇の戦争責任にかんする考察や報道各社の翼賛姿勢、戦争礼賛を痛烈に批判し反省したものも、わたしの知るかぎり少なかった。

かつてあった戦争とこれから起きるかもしれない（いや、きっと起きるであろう）戦争の関係を知る必要がある。日本の戦争にあってはとくに堀田善衞のいう「無常観の政治化」（『方丈記私記』）という特殊性をさらに追究しなければならない。丸山眞男が指摘した「つぎつぎになりゆくいきほひ」という日本における「歴史意識の古層」についても、いまいちど読み直した方がよさそうだ。勉強のしなおしだ。

戦争の足音が聞こえる。たぶん幻聴ではない。

核戦争の可能性と国家の論理

ウラジーミル・ウラジーミロヴィチ・プーチン大統領とその側近たちは、ウクライナを主権をもった「他国」とは思っていないだろう。世界遺産にも登録されたあの荘厳端麗な聖ソフィア大聖堂（キーウ）を、ロシアではなく、ウクライナの文化資産だとはどうしても認めることができないのではなかろうか。

だが、それだからといってかれを〝狂人〟ときめつけることはできない。関東軍が占領した日本の植民地であり、傀儡《かいらい》国家でもあった「満州国」を、当時の日本も「他国」とは思っていなかったのである。状況は大いに異なるけれども、このたびのロシアによるウクライナ侵略に際し、わたしは満州事変を想起せざるをえなかった。

1931（昭和6）年9月18日、奉天（現在の瀋陽）郊外の柳条湖で満鉄線路の爆破事件を契機として勃発したのは、日本軍の中国東北部へのあからさまな侵略戦争であった。若槻内閣は不拡大方針をとったが、関東軍は東北3省を占領し、翌年、「満州国」を樹立し、以降延々15年に及ぶ日中戦争となった。

しかし歴史の実時間にあって、だれが最初から15年の泥沼を予想しえていただろうか。日本の民衆は中国各都市の占領のたびに戦勝祝賀の提灯行列にくりだし、「天皇陛下万歳！」を叫んだのである。民衆は戦争の犠牲者であるとともに、当時のマスコミとともに戦争推進の加害者でもあったのだった。

いま、「力による現状変更」反対が叫ばれている。正論である。ただし、「力による現状変更」実行の先輩は日本であった。プーチンを〝発狂者〟とするなら、往時の日本にも正気を失った者が大勢いたことになる。

にしても、現状は尋常ではない。「制裁は宣戦布告と同じ」とプーチンがうそぶけば、「暴挙には高い代償が伴う」と日米両政府が口をそろえ、そうするうちにも戦火が広がっている。

なりを潜めていたwar mad（戦争狂）たちが、いつのまにかあちこちで勢いをとりもどしており、安倍晋三元首相にいたっては〝ニュークリア・シェアリング（核の共有）〟などと言いだし、失笑を買うどころか、それなりの同調者も多いというから、いままさに地軸を揺るがすほどの大変動が起きていることはまちがいない。

おそらく、究極の真実はロシア軍の爆撃で親を殺され、泣きながら戦場をさまよう幼児の涙にしかない。その涙の前にあっては、われわれ人類は等しく「有罪」である。

人間はなぜこうまで愚かなのか。つらつら惑ううち、ホルヘ・ルイス・ボルヘスの寓話「鏡の動物誌」(『幻獣辞典』柳瀬尚紀=訳、河出文庫)を思い出した。よくできた、というか、ぞっとするような話だ。

かつて鏡の世界と人間の世界はまったく別種の空間であり、両者は円満に共存していた。ところがある夜、鏡の住民たちが人間世界に侵入しはじめ、双方のあいだで血みどろの戦いがくりひろげられる。結果、人間側が勝利して侵入者たちを鏡のなかに閉じこめてしまう。そして罰として「あたかも一種の夢の中でのように、人間のすべての行為を反復する仕事を課した」というのだ。

侵入者らは「力と形とを剝奪」され、単なる「奴隷的な反射像」にされてしまった。しかしながら、敗者は捲土重来をかたく期しており、やがて人間の模倣をしなくなる。ボルヘスは戦いの反復を示唆する。「(侵入者は)今度は打ち負かされることがない」と。

人間とその歴史は曲折しながらも少しずつ進歩するという、いわゆる弁証法的世界観は旗色が悪い。鏡のなかの侵略者はよくよく覗き見れば、鏡像としての「他者」ではなく、われわれ自身である可能性が高いのだ。

気がつけば憲法9条を語る人びとが激減している。つまりはこの国があるべき「よりどころ」を失いつつあるということだ。「唯一の被爆国として……」という枕詞も経年劣化している。可能性としての核戦争は、鏡像でもＳＦでもなく、現実にそこまで近づいている。戦争狂たちと本気で戦う意志が問われている。

戦争の顔

　酸鼻のきわみとはこのことだ。ウクライナ各地で多数の民間人がロシア軍によって拷問され、女性はレイプされ、惨殺された。首都キーウ郊外のブチャに入ったフランスの記者が震える手で打電した。おぞましい動画つきで。「静かな並木道には、見渡す限り遺体が散乱していた」

　毎日、戦況が報じられる。制圧、反撃、撃退、殲滅《せんめつ》……。軍事専門家や現代ロシア研究者らがとくとくと自説を開陳する。最初は驚き嘆いていたが、徐々に慣れてゆく。人間は結局なににでも慣れる。終いには戦争報道と解説に食傷する。そうであってはいけないのだろうけれど。

　スヴェトラーナ・アレクシエーヴィチの『戦争は女の顔をしていない』（三浦みどり＝訳、岩波現代文庫）を読んだ。ざらついていた気分がいくらか静まった。ノーベル賞作家の彼女が１９８４年に上梓した最初の作品で、１９７８年から取材を始め、５００人を超える女性から聞きとりをした名著である。

「戦争のない世界というのがかつてあっただろうか?」の問いに、のっけから虚を突かれる。次いで「戦争について知っていることは全て『男の言葉』で語られていた。わたしたちは『男の』戦争観、男の感覚にとらわれている。男の言葉の。女たちは黙っている……」（「人間は戦争よりずっと大きい」）とたたみかけられ、ぐうの音もでなくなる。

たしかに戦争は「女の顔」をしていない。言うまでもなくブチャの惨劇は女性、特に「母たち」には、国籍、民族、思想のいかんを問わず絶対になしえないだろう。しかしながら、男女の別なく、勇ましい論者が政府・自民党を中心にこのところ増えている。

主な論点は、現在のウクライナの悲劇は弱い軍事力、非核3原則などによりもたらされた云々。ウクライナは主権宣言（１９９０年最高会議で採択）で「将来において軍事ブロックに属さない中立国となり、核兵器を使用せず、生産せず、保有しないという非核3原則を堅持する国家」となることを宣言している。

立派な国是ではないか。ところが、アレクシエーヴィチの言う「男の戦争観」は右のような理想を冷笑する。そんな綺麗事を信じているからロシア軍の侵略やブチャなどウクライナ各地での大量虐殺を許してしまったのだと。さあ、軍備を拡張し核武装し備えをかためろと。

彼女の考えでは、こうした嘲《あざけ》りは「男の規範」である。男の規範は、しばしば女々《めめ》しさを嗤《わら》い、排除しようとする。だが、それは根本的に間違っている。

たぶん、ニッポンに住まうわたしたちはいま、もっと苦しまなければいけない。ぞっとすべきだ。もっともっと苦悶すべきである。「女の顔」をしていない、きたるべき戦争にわれわれは徹底的に反対できるだろうか。

現下の情勢下でも果たして平和憲法は有効か？　このまま非核3原則保持でよいのか。憲法9条は世界情勢の劇的変化に適切に対応できるのか。少なくとも自民党政権はまったくそうは考えていない。

じつのところ、現政権は9条など〝屁のかっぱ〟なのだ。それどころか、戦争ができる条文に憲法を改悪しようとしている。すなわち、北朝鮮を念頭に「敵基地先制攻撃」などの策定に余念がないのである。

非核3原則は事実上、すでに死文化しているが、もっとはっきりと「戦術核保有」ないしは「核の共有」を唱える輩も現われてきている。かつてあれほど護憲を叫んでいた野党も、いまでは9条をさっぱり語らなくなった。

アレクシエーヴィチに言わせれば、これも「男の規範」であり「男の戦争観」である。世界が全体として「戦争構造」を形成しつつあるのにともない、ニッポンの軍備拡張派もやけに勢いづいている。

男女平等と口では言いながら、実際には戦争に奮いたつマチスモ（男性優位主義）の時代が到来しつつある。いま必要なのは「女の顔」なのに。

砕かれた世界

すべて、ゆっくりと根源に舞い戻らなくてはならない。最初から考えなおさねばならない。面倒だが、1からやり直しである。改めて問わなくてはならない。まず、人とはなにか？　人は人を殺してもよいのか？　人はなぜ人を殺すのか？　悪とはなにか？　善とはなにか？

信じるにはあまりにも悲惨すぎる事態にわたしたちは直面している。つらいので信じまいとし、目と耳を蔽《おお》い、自己を外界から遮断する。それでも指と指の間から砕かれた世界の破片が悲鳴とともに飛びこんでくる。

なぜこれほどの殺戮を止めることができないのだろう——そう問うのは愚かだろうか？　ナイーブにすぎるだろうか？　いや、愚かでもナイーブでもない。答えに窮し、思考を停止して、目と耳を現実から逸らしているのだ。あるいは、真率な答えが怖いのである。

ラジオがのど自慢を放送している。老若男女が絶唱し拍手をあびている。手拍子。戦争など関係ないといわんばかりだ。テレビが競馬の天皇賞を実況していた。大歓声。明るい。表面はどこにも悪意がない。むろん、号泣も憤りも憎悪もない。

だがしかし、必死に感じようと思えばの話だが、刹那の暗影がまなかいをよぎらぬわけではない。今日もどこかで人が無慈悲に殺されているのだから。銃をもった逞《たくま》しい男たちだけではない。乳幼児やその母、歩行もままならないお年寄り、障がい者らが建物ごと爆砕されている。悲鳴がかき消されている。

時には凄惨な戦争がチェスのように語られている。ナイト（騎士）、ルーク（城）、ポーン（歩兵）……まるで市松模様の盤上のゲームのように、あたかも無血の遊戯のごとく、軍事専門家らによってさも得意げに喋々《ちょうちょう》と弁じられる。

夫や孫を殺され、家も壊された老婆の喉を絞るような泣き声がテレビから流れてくる。「なぜこんな目に遭わなければならないの？　わたしがどんな悪いことをしたというの？」。このニュースが終われば歌謡ショーなのだ。なにかが病んでいるのではないか。なぶり殺しのような酷《むご》い状況が制止もされずに進行し拡大している。破壊と殺戮がこれまでのどの時代よりも克明に報じられながら、それらをやめさせる理性があまりにも脆弱である。

ところで、わたしは「尻馬」という言葉が好きではない。どことなく下品である。大辞林によると、「尻馬に乗る」とは「無批判に他人のすることに便乗して行動する。節操もなく他人の言説に同調する」ことである。が、残念なことに〝尻馬派〟がウクライナ戦争勃発以来、増えに増えている。

活気づいているのは軍需産業だけではない。戦争の尻馬に乗って憲法改定を求める者たちの声が護憲派を動揺させているようにもみえる。わたしをふくむ9条護持派はなにがなし旗色がわるいようだ。ウクライナ情勢のダイナミズムが〈軍備拡張は当然〉という空気を醸しているからである。

ロシア軍のウクライナ侵略はわたしたちになにを教えているだろうか。より強力な軍備の必要性だろうか。日米軍事同盟の強化だろうか。戦争への自前の備えと覚悟だろうか。わたしはいずれも違うと思う。

言葉。軍備ではなく、言葉が足りていない。ウクライナの現政権はネオナチによって支配されているというプーチン大統領とその支持者たちの大いなる「妄想」を解く言葉がまったく不充分である。

日々うちつづくおびただしい死と不安に向き合うのに、では、どのような言葉が有効か。惑う。ウクライナもロシアもわたしには関係がないと居なおることだってできるのだ。だが、寄る辺ない裸形で戦火に放りだされた人びとを無視することはできない。

「わたしは他者が死ぬことについて有罪である」「他者の死はわたしのことがらである」

——フランスの哲学者エマニュエル・レヴィナス（1906〜1995年）の言葉をいまはおろおろとなでさするばかりだ。

事もなげな崩壊

歩く。ずいぶん不格好で亀のように鈍《のろ》いけれども、かつては颯爽と闊歩したものだ。なにしろ陸上競技の選手だったのだから。背筋をのばして、飛ぶように走り、踵《かかと》をつけずにバネ仕掛けのように歩いたっけ。昔を自慢しても詮方ないが……。

いまは、たかだか歩くのに、いちいち〈よし、歩くぞ〉とことさらな決心が要る。椅子やソファに着座したままの方がよほど楽だから。よっこらしょと杖をつき、また歩く。右足の次は左足だぞと自分に言いきかせる。

いったい、歩くとはなにか？　わたしの場合、歩行とは、独居生活継続のための〃あがき〃にも似た抵抗である。同居犬がいる以上、寝たきりにはなれない。

今日も老健のフロアをよろよろと歩いている。歩行練習である。右半身に脳出血後遺症の麻痺があるせいで、躰がどうしても左に傾《かし》ぐ。1日最低でも1キロ歩くのを努力目標としているのだが、大したことではなさそうでこれが案外にきつい。大きな鉛の玉でも引きずっているみたいにすぐに疲れ、前屈みになり、海藻みたいに足がもつれる。

自業自得と思わないでもないが、すぐに打ち消す。「夏も近づく八十八夜　野にも山にも若葉が茂る……」の歌が聞こえてくる。通所者たちが歌っている。老いたな。突然、そう思う。老いは「不意打ち」とだれかが言っていたが、まさにそのとおりだ。

短いセンテンスがポカリと浮かぶ。「世界が、事もなげに崩れてゆく……」。言いえて妙である。が、だれが書いたのだったか。すぐには思い出せない。歩行に差しさわるので、仔細は詰めない。

記憶の薄れより、当面の転倒が怖い。しかし、事もなげに崩れてゆく世界に、わたしはそのまま自分を重ねている。どうしても重ねてしまう。

歩きつつ理学療法士や職員たちの視線を気にする。だれも見ていないのかもしれないのに、この期に及んで格好をつけようとする。奇妙な矜持《プライド》！　充分すぎるほど老いているくせに、わたしは、しきりにそうではないふりをしようとする。必死で少しでも〝若く〟見せようとする。それこそ恥も外聞もなく。

箴言《しんげん》がひとつ胸に湧く。「この年老いた男、あの年老いた女、彼らのなかにわれわれを認めよう」。ボーヴォワールだったっけ。なんて美しい言葉だろう！　他者に己を見よ、ということか。主観的な形姿《なりかたち》と、ときとして無残な客観的事実。老健は自身を映す巨大な鏡だ。

「世界が、事もなげに崩れてゆく……」を再び気にする。わたし一人の老いとは関係なく、世界という現象はたしかに砂の城のように崩れつつあるのではないか。

ああ、思い出した。これは作家の山口泉さんのエッセイ（「新たな中世的世界構造の公然たる形成を見過すな」＝「週刊金曜日」1378号）の印象的書き出しである。なかで「国家的御用組合へと止めどなく転落する『連合』の惨状」を憂えていた。同感である。

たぶん、わたしの身体的不如意とはまったく別に、「事もなげに崩れてゆく」大状況はあり、かつ、われわれは目下、夜の流砂のごとくに静かに流れ移ろっているのだろう。いずこへ流れていくのか？

老人たちと端なくも目が合ったりする。わたしはその目の奥を覗き、向こうもわたしの眼《まなこ》の奥を覗きこんでいる。さも怪訝《けげん》そうに。これからどこへ流れていくのでしょうか……。わからない。

送迎バスで老健に赴く途中、必ず出会う光景がある。車椅子の、若い女性。後ろ姿だから若いかどうかたしかではないが。右手で車椅子を漕ぎ、左手に真っ白な小犬のリードを握って、ゆっくりと散歩させている。犬は歩調を合わせ、ときどき飼い主をふりかえる。

なんでもない風景になぜか感動する。世界は崩れてはいないと思う。まだ……。

はんぺん

胃と大腸の検査のため、医師の指示どおり1泊2日の予定で入院した。かつて大腸がんをやっているし、このところ原因不明の腹痛が断続していたのでそれなりの覚悟をした。

初日は病衣に着替え、採血とCT。

流れに身をまかせるしかないと頭では達観した気でいても、躰のほうはしきりに緊張する。結局、脳出血後遺症の右半身麻痺が高じて歩行困難となり、車椅子での院内移動となった。

内視鏡検査はなんども経験している。少しは慣れてもよさそうだが、まったく慣れないどころか悩乱が以前より烈しくなっている。病気の可能性よりも解決できない何か別のことをわたしはグズグズと気にしていた。

老いである。仮に悪性腫瘍が見つかっても見つからなくても、老いは残る。老いは待ってくれない。老いはただつのる一方である。老いは、「老残」というごとく、日一日と虚しく惨めになる。とすれば、鬱陶しい検査入院にどんな意味があるのか……。

入院の数日前には新型コロナのPCR検査をうけたのだった。陰性が証明されなければ、そもそも入院できないからである。コロナが猖獗《しょうけつ》をきわめる前にはなかったことであり、世の中の基本的変化を思い知らされて、なんだかウンザリしたことだ。

そう言えば、「エッセンシャル・ワーカー」などというどこかわざとらしい言葉もコロナ前には用いられなかったな。状況の変化とその猛烈な速度についていけないわたしには〈どうやら詰んだな〉という意識が時とともに濃くなっている。詰むとは、ゆきづまる、窮するの謂いで、この先にはなにも希望がないという絶望的気分をはらんでいる。

CTの順番待ちの間にテレビをつけた。ロシア軍の爆撃で無残な廃墟と化したウクライナの街が大写しになる。赤い花柄のショールの老婆が両の手を大きく広げて声をあげて泣いている。ひとり息子が殺されたのだという。大粒の涙が顔の深い皺を頬まで伝っていく。飼い主を失ったのか、痩せこけた犬がトボトボと道を横切ってゆく。

戦場では検査入院どころではない。CTもレントゲンもインシュリン注射も人工透析も無理だ。病院さえ爆撃されているのだから。なんということだろう！　老人、障がい者、病人、幼児たちは、修羅の巷《ちまた》からの脱出もままならないのだ。戦争は弱者を手はじめに痛めつける。これでもか、これでもかと。

検査入院が申し訳ないほどの贅沢に思えてくる。ここには爆撃はない。轟音も怒号も悲鳴もない。静かだ。CTと採血を終えたら、食事がでた。お粥とはんぺんと卵焼きとリンゴジュース。食後に大量の下剤を飲むのだから奇妙だ。若くて元気な看護師にそう告げると、「ま、そう言わずに」と明るくたしなめられる。

少し炙った三角形のはんぺんが、ふだん食べつけないせいだろうか、とても美味しい。そのとき、はんぺんの歯ごたえとともに「肉感」という言葉が胸にわいた。かつて脳出血で倒れ、1週間ぶりに看護師によってシャワーを浴びさせてもらったときも〈まだ生きている〉という鮮やかな肉感を覚え、涙ぐんで感謝したものだった。

観念で小理屈をこねるのとはちがう肉感。戦争の異常を感得する肉感。それが薄れかけていた。老残を悔やんでも、なんのことはない、結局は反射的に「生」に執着してしまうのもある種の肉感にちがいない。こうなると、いくら高踏的であれ哲学的であれ、観念は弱い。下剤で一気に流される。

わたしはじつのところ、看護師たちに舌を巻いていた。語るに気が引けるけれども、トイレに行っても水を流さずにナースコールを押せと言うのである。言われたとおりにすると、看護師がかけつけてきて、便器に顔をつけるようにしてチェックし、「はんぺん、流れていったわね」とかジョークを飛ばしながらメモをとっていた。

負けたな。爽やかな敗北感。退院後に再びはんぺんを食べてみたが、ペロペロしているだけで特に美味しくはなかった。

「国葬」と戦争までの距離

歴史が危うい妖気を漂わせている。目眩《めまい》がするほどの展開である。こう言っては身も蓋もないけれども、希望はない。あるいは、ほとんどない。きょうび希望があると信じる人がどこにいるのだろうか。

今さら、「パンドラの箱」を思う。ゼウスがすべての悪と災いを封じこめて、人間界に行くパンドラに持たせたのがパンドラの箱。パンドラが好奇心から開けたために、人類はひどい災厄にみまわれるようになり、希望だけが箱の底に残ったという。

神話によれば、パンドラの箱（「甕《かめ》」説もある）から飛びだしたのは、疫病、悲嘆、欠乏、犯罪……等々。新型コロナ、食糧危機、物価高騰、格差拡大、ウクライナ戦争を考えあわせれば、まさに、そのものズバリではないか。と、牽強《けんきょう》したくなるほど、いまどこをどう見ても状況はよくない。

安倍晋三元首相暗殺事件が現代史暗転の契機というのは、メルクマールとしてはわかりやすいが、やや事大主義的かもしれない。ただ、事件の背景といわゆる「国葬」決定にいたるプロセスは、この国の政治とメディアの質がこうまで低劣であったかと改めて驚愕し慨嘆せざるをえないほどであった。

かろうじてわかったのは、この国が民主主義とはいささかも関係のない戦前的古層または〝闇〟をいまもズルズルと引きずっているということである。

凶弾に倒れた安倍氏は「憲政史上最長の7年8か月の在任期間を誇り、アベノミクスで経済を牽引し、コロナ禍と闘い、東京にオリンピックを再び招致することに成功した」と節操のないマスメディアに称えられた。

だが、実際はどうか。安倍氏はあろうことか「世界平和統一家庭連合」（旧統一教会）の〝広告塔〟をつとめ、経済は一向に回復せず、給与水準も上がらないばかりか格差がますます広がり、個人GDP（国内総生産）も韓国に後れをとる始末。

それだけではない。政治家安倍氏は、〈堂々と嘘をついて恥じない〉という、あってはならないモラルハザードの主でもあった。「モリカケサクラ」問題などと軽く通称される事件は、その影響で自ら命を絶った人もいたのであり、本来なら再度洗い直しをするべき重大性がある。「桜を見る会」問題では国会で118回も虚偽答弁をしながら、捜査が打ち切られ、疑惑が水に流されたのはなぜなのか。

こうした問題もさることながら、安倍氏の禍々《まがまが》しさは防衛軍事問題で一層黒光りしていたのだった。彼はこの春、山口市内で講演し、防衛費について、２０２３年度は当初予算で過去最高の6兆円程度を確保するべきだ、と訴えている。ロシアによるウクライナ侵攻や中国の軍事力増強にも絡め、いわゆる「敵基地攻撃能力」について「（攻撃対象を）基地に限定する必要はない。向こうの中枢を攻撃することも含むべきだ」と一気にボルテージを上げてもいる。

死者に鞭打《むち》つのは日本的作法に悖《もと》るとされる。だが、この際言わなくてはならないことがある。安倍晋三氏は端的に言って、平和憲法を足蹴にして、日本の「戦争までの距離」を縮めた。

本稿執筆中の２０２２年7月31日夜、安倍氏国葬に反対が53％という共同通信の全国電話世論調査の結果が報じられた。岸田内閣の支持率は51・0％で、前回調査から12・2ポイント急落し、昨年10月の内閣発足以来最低となった。ビッグニュースである。丸山眞男が言った「つぎつぎになりゆくいきほひ」（「歴史意識の古層」）が、ここにきて頓挫した。

歴史の行方は測りがたい。本稿掲載時には情勢がさらに変化しているだろう。さて「国葬」は民意に反してまで強行されるのか。

最近、ミシェル・フーコーが書いた「人間の終焉」がしみじみと思いだされてならない。「そのときこそ賭けてもいい、人間は波打ち際の砂の顔のように消えてゆくであろう」（『言葉と物』）。

大震災再来の予感

夏が逝った。季節が巡るのは当たり前なはずだけれども、今夏はどういう訳か格別のことに思われた。もうこの季節が永遠に戻らないとでもいうような、寂しくも厳しくもある気分におそわれた。そう言えば、わたしはあまり笑わなかった。

晩夏にはいつもセミがそこら中に倒れているので気にもとめないが、今年はちがった。セミたちは「末期《まつご》の眼」に何を見たのだろうかと、セミの身になり、セミ側から想像しようとしたりした。

同居中の犬にもこの夏には微妙な変化があった。あまりはしゃがなくなった。残酷な話だが、毎夏、瀕死のセミをいたぶって遊んでいたのが、まったくといってよいほど構わなくなった。

外界が変わったのか、こちらの内面が変わったのか、両方か、よくわからない。どう形容すればよいか。スコップかなにかで中身をガッポリとえぐり取られ、臓器なしの、ただの袋のようなものになってしまった人の群れ……街に出ればそんなものを思い描いてしまう。

この夏は芥川龍之介を幾編か読んだ。芥川が自死したのも1927年7月24日だから、やはり夏だ。こじつけになるかもしれないが、芥川が鎌倉に遊び、藤、山吹、菖蒲などが咲き乱れているのを見て、「『自然』に発狂の気味のあるのは疑ひ難い」「天変地異が起りさうだ」と予感したのも1923年の8月（「大正十二年九月一日の大震に際して」）だ。

このエッセイには「僕等の東京に帰つたのは八月二十五日である。大地震はそれから八日目に起つた」とある。とすれば、芥川は関東大震災を予知したことになる。夥しい死体を目にした芥川は「自然は人間に冷淡なり。大震はブウルジョアとプロレタリアとを分たず。猛火は仁人と潑皮《はっぴ》とを分たず」と記す。

潑皮はならず者のことだが、流麗な和漢混交調は、大震災を鴨長明の「方丈記」に重ねたからかもしれない。ともあれ、「末期の眼」は芥川が生前から長く宿命的にもたされた生と死の間《あわい》の風景とも言える。遺稿とされる「或旧友へ送る手記」では「自然の美しいのは僕の末期の目に映るからである」と綴るのだが、これも関東大震災の衝撃と無関係ではないだろう。

と、ここまで書き、新たなる関東大震災がいま起きてもおかしくないことに思いいたり、急に鳥肌が立つ。大震災が人びとの死生観、社会観に与えた影響は芥川にとどまらず、丸山眞男少年にも将来の思想形成上、決定的な見聞だったらしく、当時わずか10歳だったとは思えぬ慧眼ぶりだった。

丸山少年が手書きでまとめた冊子「恐るべき大震災大火災の思出」には、自警団による朝鮮人虐殺への憤激がストレートに表出されており、第一級の資料だ。このなかに「自警團の暴行」と題された章があり、「朝せん人が皆悪人ではない。その中、よいせん人がたくさん居る。それで今度は朝せん人が二百餘名は打殺されてゐる」とし、「こんなことなら自警團をなくならせた方がよい」と怒りをこめて主張している。

秩序なき大混乱のただ中で尋常小学4年の丸山少年の下した判断は、今から見れば〝奇跡〟のようだ。冊子の末尾には「人間は永久に忘れてはならぬ！　忘るるな大正十二年九月一日（午前十一時五十八分四十六秒）安政大地震より七十年後」と大書している。

それから99年、東日本大震災を経て、今また首都直下地震と南海トラフ巨大地震が予測されている。丸山少年の「忘るるな」の叫びにもかかわらず、しかし、国家も民草も次の大震災の再来に充分に備えているようには見えない。それどころか、政府は福島原発事故後に稼働した10基に加え、7基を追加で再稼働する方針転換を打ち出した。

在日コリアンへの差別政策も変わってはいない。過去に学ばない国を、遠からず未曽有の地震が襲うだろう。無数の「末期の眼」は何を見るのだろうか。

「国葬」の大いなる嘘

生活は極小であり、政治は巨大である。前者はみみっちく、後者は壮大である。表面上はそう見える。たつきに追われる者は卑しく、政《まつりごと》に参じる者は偉大である……とかなんとか。だが、本当にそうであろうか？

こうも言える。生活を救えない政治はダメな政治である。今の政治は庶民の生活を少しも救えていない。よってダメな政治である。この事実が、生活と政治を語る上での基本であり出発点である。

しかしながら、政治というのは非常に狡猾《こうかつ》であり、しばしば〝幻術〟を用いて人びとを欺く。然《さ》しも議論を呼んだいわゆる「国葬」も、幻術のなせる業であった。その目玉と言われた菅義偉前首相の弔辞に、わたしは腰を抜かすほど驚いた。

「総理、あなたの判断はいつも正しかった」。このワンセンテンスほど現今の政治の醜さと真っ赤な嘘、国民からの乖離《かいり》を露骨に示したものはない。故人への追悼とは言え、こんな台詞をよくもヌケヌケと吐けたものだ。およそ人間の判断が「いつも正しい」訳がないのに。

そこまでもちあげたら誉め殺しか侮辱になることを菅氏は知ってか知らずか（おそらく庶民の常識の欠如からだろう）堂々と言ってのける。これに続く行にも思わず息を飲んだ。

「安倍総理、日本国は、あなたという歴史上かけがえのないリーダーをいただいたからこそ、特定秘密保護法、一連の平和安全法制、改正組織犯罪処罰法など、難しかった法案を、すべて成立させることができました。どの1つを欠いても、我が国の安全は、確固たるものにはならない。あなたの信念、そして決意に、私たちは、とこしえの感謝をささげるものであります」

オー・マイ・ガッド！　現行憲法と矛盾する悪法中の悪法とされる諸法案を強行採決したことに「とこしえの感謝」をささげるというのである。安倍氏が国会で118回も虚偽答弁をしたと野党から非難されたことはどうなのだ。憲法違反の安保法制も、安倍政権下で一段と進んだ格差と貧困の拡大もすべてOKだと言うのか。

安倍氏は首相時代に「息をするように嘘をつく」と蓮舫議員に面罵されたことがある。政治家として耐えがたい侮辱であるはずだった。だが安倍氏はおなじみの薄ら笑いを浮かべただけであった。

「閣議決定と強行採決と嘘と隠蔽」の悪評判は常に安倍氏につきまとった。環太平洋パートナーシップ（TPP）協定、年金カット法案、カジノ法案も強行採決だった。理の当然、安倍政権時代に人びとのアパシー（政治的無関心、無気力症）化も進んだ。

こう書いていると我ながら情けなくなる。死者に鞭打つだけでなく、なにがしかの〃功績〃も探すべきではないか、と思わないでもない。しかし、安倍氏は最期の最期まで「きな臭い」人物だったのだ。彼は「文藝春秋」2022年5月号のインタビューで「核共有」論を改めて強く提案している。

これは、ロシアによるウクライナ侵略という危機に鑑み、米国の核兵器を日本にも配備し共同運用するというアイディア。ウクライナにもしも核があれば、ロシアの軍事侵攻はなかったのではないかという安倍氏独特の危険な「核抑止論」に基づく。

このロジックだと、極論すれば、中国など軍事大国の脅威にさらされる諸国はすべからく核保有すべしとなりかねない。そのような危険人物の過ちを「国葬」でなかったことにしたつもりなのだろうか。

「国葬」で祭られた故人には、憲法破壊の性行以外にはどのような体系的思想も哲学もなかった。だが、イタリアの思想家ウンベルト・エーコによれば「ファシズムには、いかなる精髄もなく、単独の本質さえありません。ファシズムは〈ファジーな〉全体主義だったのです」（『永遠のファシズム』和田忠彦＝訳）という。

「国葬」にせめても意味があったとするなら、ただ一点、この国では民主主義がすでに瀕死の状態で、〈ファジーな〉全体主義が到来しつつあると知らしめたことくらいではなかろうか。

V

宵闇

いつもの二キロ入りドッグフードを一袋買ってホームセンターをでたら、青鈍色《あおにびいろ》だったはずの空が刷毛でまんべんなくぬりかえたようにスミレ色に一変していたので、またなにがあったのかとあやしみはしたものの、あやしみはすぐに空にとけて、うっとりとした。スミレといったって、これはせいかくにはダークヴァイオレットだろう。スミレ色というのはどこか意味ありげで、血の赤が映える。四方夜彦《よもよるひこ》はそのとき、古代の剣闘士《グラディエーター》のことをぼうっとおもった。菫《すみれ》色の空と筋骨とコロセウム。血だまり。相手に打ちたおされた剣闘士。噴きでるその血は、あろうことか、癲癇《てんかん》に効くと信じられていたことがあり、癲癇患者は死にゆく剣闘士のからだから汲んだ生き血を飲まされたという。すごい迷信ではないか。たしか翻訳書だったが、なんで読んだのか忘れた。どうして思い出したのかもわからない。にしても、剣闘士の生き血を飲めるなんて、よほどの貴族か金持ちだったのだろうか。いったい、わが身になにが起きるかなんてわかったものではない。他人の生き血を飲んだり、剣闘士がじぶんの生き血を飲まれたり。あきれたもんだ。ひとの世界にはなんらかの倫理的整合性やそれを求めようとすることからくる葛藤があるのではないか。若いころにはそうおもっていた。いまはそうおもえない。世界にはなんらの倫理的整合性も葛藤もじつはありはしない。世界という概念じたいじつは疑わしい。「私たちはみな地獄の底にいる、一瞬一瞬が奇蹟である地獄の底に」と言ったのはだれだったっけ。世界を語るより説得力がある。わたしらは一瞬一瞬が奇蹟でしかない地獄の底に生きている、ということなら世界の説明になる。なにが起きるかなんてわかりはしない。そう言えば、チャールズ一世だってまさかじぶんが公開処刑されることになるとは思っていなかったろう。斬首で飛び散ったその鮮血を、ひとびとがあらそって欲しがり、赤く血で染まった布きれをもちかえってお守りにしたのだという。まさかそんなことになろうとは、本人だって予言者だって予感できただろうか。処刑のその日、宵闇は菫色だったろうか。この空のように妖しいヴァイオレットだったのか。この世にはじめて菫をつくったのはゼウスだった。愛する女イオの青く澄んだ瞳を想って菫の花をこしらえたのだった。イオは悲しい女だ。ゼウスの愛をうけたはいいが、妃ヘラのイオへの嫉妬と憎悪はつのるばかり。ヘラから逃がすためゼウスはイオを白い牝牛《うなめ》に変えた。が、それでもヘラの恨みはおさまらず、ええと、なんだったっけ、毒蛇ではなく、そうだ、そう、虻《アブ》をはなってイオを刺させて苦しめつづけ、イオは狂乱のうちに世界をさまよいエジプトにたどり着いたという。虻とはつくづく意外ではないか。ヘラがさしむけたのはたぶん雌の虻だったろうな。雄の虻は花粉や花蜜をなめるけれども、雌は牛馬やひとから血を吸う。イオがそれからどうなったか。忘れた。なにがあるかなんてわかったものじゃない。

わたしはドッグフードをもってスーパーの自転車置き場にさしか

かった。そのとき、薄茶のハンチングをかぶった陰気な顔の老人に手まねきされ、ひそひそ声をかけられた。躰の薄い男。平日の競輪場にでもいそうな男だった。煮染めたようなズックの鞄をもっている。「ちょっとちょっと、だんなさん、だんなさん……。あのね、これからいいもん見にいきませんかね」。だんなさんとはわたしのことか。いいもん？　あっけにとられていると、あたりをきょろきょろはばかりながら声を殺して「すぐそこなんだよ。ほんと、おもしろいよ。千円でいいんだよ、だんなさん」と言う。どうせろくな話ではない。聞こえなかったふりをして通りすぎればよかったのだったが、そうしなかったのは、声にさほど切迫したものがなかったからだ。のっぴきならない気配でもあれば、わたしはひるんですぐにその場から遠ざかっただろう。老人の声はそうではなかった。客引きならだれでもふりまく作りものの笑顔と必死さというものがなかった。ひとをなにごとかに誘うという行為にともなうべき熱心さに欠けた。客引きに一心というのではなく、どこか余念をおびているようであった。それが不思議だった。老人は背が低く猫背だった。肩口からかすかに樟脳《しょうのう》のにおいがした。スーパーの灯りで男の顔を窺《うかが》うと、眉間に深い縦じわがあり屈託顔だった。しかし、悪党には見えない。のっけから悪党らしい顔の悪党がいるのかどうかわからないけれども、少なくとも凶暴には見えない。ただ、なにか病気か心労でもあるのだろうか、表情がずいぶん疲れている。それが男を老いてみせているのであって、ほんとうは老人ではなく、わたしよりもだいぶ若いのかもしれない。でも、「老人」に本質的な定義などあるわけがない。老人のように見えてしまえば、実年齢がいくら若くたって老人なのだ。逆もまた真。わたしはこの男から危害をくわえられることはあるまいと踏んで、といっても、ほんとうは踏むも踏まないもなく、磁石にひかれるようにして、仔細がわからないままハンチングの男についていったのだった。男のいう「いいもん」に惹かれたというのではなく、なんとなくついていった。心の隙というものだろう。菫色の宵闇がしだいに濃くなっている。イオがいなければ、ゼウスはこの世に菫をもたらすことはなかったろう、とわたしは思った。運命。ま、そういうことにしときましょう、とじぶんに言った。老人は右足を引きずりながら、ズックの鞄を片手に宵闇をよろよろと歩いていき、古道具屋の角から不意に路地に入っていった。樟脳のにおいが消えた。わたしは言われたとおり老人についていったのだが、かれのほうはわたしの存在などとうに忘れたかのように、なにも話しかけてこず、後ろをふりかえるということもしないのだった。その後ろ姿は、千円払えばなにかおもしろいものを見せてやるとさっき提案をした者とはまるで別人であるか、あるいはいったんそのような提案はしたもののすっかり気が変わり、いまはべつのことにこころを奪われている人物のように見えた。わたしはとりのこされた気がした。かなたの中空で、血のように赤い灯が点々といくつか明滅している。あれは航空障害灯というやつだろうか。むこうに塔でもたっているのか、高い煙突があるのか、宵闇にかくれていてよく見えない。塔か煙突かぐらい、昼間見て覚えているはずなのに、空が暗くなるとすぐ忘れてしまう。一輪車に乗った少女たちが三人、それぞれ両手をひろげた一列の影になり、奇妙な歌をうたいながらとおりすぎていった。「ゴニンノ・コビト・ゴマモチ・クッテ・ゴシャガレタ……」。「ゴニンノ・コビト・ゴーモク・クッテ・ゴシャガレタ……」。

一列の影はすぐに消えて、ほのかにイチゴシロップの風が立った。

　老人は饅頭屋の前をふりむきもせずに歩いている。右足がわるいらしいのに、結構な速度だ。いつも閉店中のカフェ、客のいたためしのない額装屋をすぎた。後ろから見ると、年寄りはなんだかずいぶん不機嫌そうに見える。稲荷神社の隣の広い空き地までできた。このあたりは気のせいかなんだか空気が重い。稲荷神社の境内では十年前に学生の首つり自殺があったし、空き地では去年、認知症の老婆の殺人・死体遺棄事件があった。空き地には以前、大学付属の複素数研究所や位相数学実験室などの研究施設があったが、学部統廃合にともない取り壊されて以来なにも建てられていない。空き地の周りは大部分がコンクリート塀にかこまれていてなかは見えず、塀の崩れた個所には侵入禁止の鉄鎖がめぐらされていた。老人はそこを腰をかがめて無言でくぐっていった。空き地には大きなクスノキが立っており、セイタカアワダチソウやエノコログサが茫々と茂っていて夕刻というのにまだ青臭くいきれていた。大きなクスノキの下にはシートで掩《おお》われたひとつの木箱があった。箱の傍に粗末なパイプ椅子が二脚だけ置かれている。

老人は箱の後ろの椅子に座り、箱にむかってなにかぼそぼそと話しかけてから、塀の外でドッグフードの袋をぶらさげて躊躇していたわたしに「だんなさん、だんなさーん」と押し殺した声で呼びかけてきた。「ここだよ、ここ」。手まねきしているらしい。わたしも鉄鎖をくぐり草地に入った。また男の声がした。抑揚がない。「そこに猫の死骸があるよ。気をつけて……」。靴底の感覚がおぼつかない。もう踏んだのかもしれない。老人の声のほうに近づいていくと、木箱と見えたものは、緑色のビニールのカバーがかけられた犬小屋であった。わたしはセイタカアワダチソウをかきわけて進み、犬小屋のそばに立った。老人がビニールカバーをめくると、犬小屋の入り口には頑丈な扉がついていて、それがなかをぴたりと閉ざし、おまけに大きな錠がかけられていた。なかにどんな凶暴な犬がいるのだろう。土佐犬かブルドッグか。にしては入り口が小さすぎるようにも思える。ということは、タヌキかアライグマかハクビシンだろうか。それとも、蛇か。マムシかヤマカガシ。そんなものを見せて、わたしから千円をせしめようとしているのか。蛇は嫌いだ。蛇なら見たくない。タヌキにせよとくに見てみたいとは思わない。率直にそう言おう。千円払えと言うなら払おう。厄介なことはごめんだ。どうせ人助けみたいなものだ。とくに腹もたたなかった。じぶんに言いきかせた。こんなにも濃い宵闇に浮かびでてくることなどどうせおかしなことにきまっている。オヒシバ、メヒシバ、コメヒシバが群がるこの草むらに瀕死の剣闘士が血だらけで斃《たお》れていたっておかしくはないだろう。ああ、なんだか生き血のにおいがする。わたしは生き血を啜《すす》る者を想う。そうやって発作がおさまっていく者のことを想う。口に宵闇の血をふくみ、暗がりで薄く笑ってみる。

老人は犬小屋の横のパイプ椅子から、わたしにも座るように促した。わたしは犬小屋をはさみ老人とむきあった。予期していた獣の臭いはなにもせず、生い茂る雑草や猫の死骸らしきもののたちのほうがいやに猛々《たけだけ》しい臭気をはなっていた。犬小屋のなかのものは、かりにほんとうになにかの生き物がいるにしても、わたしが手にしているドッグフードには少しも反応しない。それも変な気がした。おかしいと言えば、わたしを「だんなさん」と呼ばわる老人からして怪しいのだ。いちいち面倒だから文句をつけてはいないが、だいいち、「だんなさん」には違和感がある。慇懃《いんぎん》である。侮《あなど》られているというか見くびられているというのか、響きがよくない。ハンチングの男がそもそも、どんな魂胆なのかだってわかったものではない。わたしは騙されているのだろうか。自問して内心苦笑した。騙される？　この期におよんでなんといういじましい言い種《ぐさ》だろう。犬小屋のなかにいるのがじつはヒキガエル一匹にせよ、いまさら文句など言えやしない。文句をつけたらかえって「触り三百」ということになるだろう。のこのこついてきたわたしのほうがわるいのである。にしても、ここの宵は、鎮火から間もない火事場みたいにぬるく湿気っていて、青臭いうえに、うっすら焦げ臭い。さっき精霊バッタがキチキチキチと鳴いて飛んだ。思えば、ここはわたしの家から歩いてたった十分ほどのところなのに、どこか見知らぬ世界の行き止まりまできてしまったようだ。

「だんなさん、そいじゃあ前金二千円もらおうか…」

金額がちがう。すごんでいるのだろうか、口調も変わったようだ。あたりが暗くなってハンチングの下の顔が読めない。さっきは千円といったじゃないですか、とわたしは相手を怒らせないように弱々しく口ごもった。すると男は「なら千円でもいいよ。どうせ値なんかつけられないものなんだし……」と、意外にもすぐに金額を撤回し、わたしから千円札一枚を受けとって「ひとに教えちゃだめだよ」と、ポツリと言った。そう告げることには実際にはなんの意味もなく、ひとというものはいかなる秘密であっても、いや厳に守るべき秘密であればあるほど、結局はいつかだれかに漏らすのを生理的に避けられない生き物であることを知っているもの言いだった。老人の声には、芯というのか力がない。しなびた芋がらみたいな声が宵闇に融けた。正体のはっきりしない威圧感はある。自棄《やけ》になったらなにをしでかすかわからないだろう。しかし、「ひとに教えちゃだめだよ」の言葉は、なにか煩悶とあきらめと疲れがないまぜになった口調だったので、凄んでいるようにも脅しているようにも感じられない。わたしはあまりにも無警戒であった。「だんなさん、そいじゃあはじめるよ」。なにをはじめるというのだろう。男は説明しようとしない。勿体ぶっているのではなさそうであった。ただ、この犬小屋のなかにどんな犬がいるのか、かりに犬ではないとしたらいったいなにがいるのか、どんな珍獣なのか、それが危険かどうかを言ってくれない。見物の対象に関して前もってなにも教えようとしない。こういうやりかたは一般的に言って不誠実なはずだが、誠実とか誠意といったこととこの場に生じつつあることはまるで関係がないようにも思われるのだった。しかし、老人にはひとを罠にかけているような気配はなかった。ひとを陥れるというのは相当のエネルギーを要する他者への意図的なはたらきかけである。が、老人はわたしという他者に語りかけつつも、じぶんの内側にこもっていくようなおもむきがあった。わたしを無警戒にさせたのは、かれのそうした内攻的とも見えるそぶりだったと思う。

それにさっきから気になっていることがひとつあった。それはごく些細なことである。老人——より正確には老け顔の男——が、ひとこと言いおえると、すぐに「チッ」という小さな舌打ちのような破裂音を発するのだ。たんなる癖なのだろうか。「だんなさん、そいじゃあ前金二千円もらおうか……チッ」「ひとに教えちゃだめだよ、チッ」「だんなさん、そいじゃあはじめるよ、チッ」。この「チッ」がよくあるチック症のような舌先の律動的反復動作ならば、わざわざ言わでものことである。そうではなく、じぶんの言葉を言いおえたとたんに、みずからが発した言葉を嫌悪してか、「チッ」と、とっさに打ち消しているようにも聞こえるのである。つまり、なにかを一回発言するごとに、それを言った主体であるじぶんを反射的に否定しているようにも聞こえるのだ。老け顔の男は、みずから発声することの個々の内容によってではなく、ひょっとしたら、じぶんが発語することそのもの、じぶんの声のすべてを嫌悪しているのかもしれない。にもかかわらず、なにごとかをつい口にしてしまうおのれに憎しみのような感情をいだいているのかもしれない。こちらの勘ちがいか思いすごしだろうか。ともあれ、老け顔の男は、犬小屋の屋根に双眼鏡のようなものがはめこんであるので、それを覗《のぞ》くようにとわたしに指示した。もちろん言いおえると「チッ」と小さく破裂音を発した。犬小屋の屋根に双眼鏡だって？　わからない。どうもすべてが不得要領である。だが、言われるままに腰をかがめ、犬小屋の屋根を手探りしていると、たしかに接眼レンズの「目当て」らしいでっぱりが二つある。おかしなものだ。男の言うとおりに、そういうものがあればあったで、なにかうれしいような安堵するような気持ちになる。なにがうれしいのかはわからないのだがホッとする。この世の果てのような宵闇の草地で、見知らぬ男の奇妙な言葉をなぞること。なにかを手探りすること。茫然と指示にしたがうこと。抗いもせずにそうしているじぶん……。すべては一個の風景としてさっぱり整合しないとも言える。まったく同時に、宵闇にひそむ風景としてこれほど闇というものの成り立ちになじむものもなかろうとひとりで納得してしまう。

わたしは接眼レンズの「目当て」に顔を寄せていった。犬小屋なのに、予期した獣のにおいはまったくしない。反対に、犬小屋ににつかわしくないアルコール性の化粧水のような淡い香りがあった。おそるおそる接眼レンズに目をあてがうと、真っ暗でなにも見えない。「ああ、すいませんね、だんなさん。電気つけなきゃね、チッ」と、老人の声とスイッチを入れる音がして、犬小屋のなかの豆電球が突然二、三個灯った。するとそこはもう犬小屋ではないのだった。接眼レンズのむこうは洒落た洋風の寝室であり、ベッドのそばにひとりの女が立っていた。若い。というか、少女のようだ。オカッパ頭だった。目鼻立ちはよくととのっているのに表情が硬い。大きな目が不安気だ。バレリーナのような衣装をつけている。この少女とどこかで逢ったことがある。見たことがある。そう思ったが、記憶は定かではない。きっとなにかの映像を見せられているにちがいない。顔をあげて老人に問おうとすると、さえぎるように「だんなさん、これねそこいらにあるような仕掛けもんじゃないんだ。信じたくなきゃ、べつに信じなくたっていいけどね、本物だよ。いわゆる背丈の低い矮人《わいじん》じゃあない。矮人ならにも珍しくないけど、このぐらいのサイズだと侏儒《しゅじゅ》と呼ぶのがふさわしい。そんじょそこいらにはいない立派な侏儒だ。ご存知かどうかわからんが、侏儒とはあくまでも想像上の小さな人間や妖精だが、この子は本物だ。本物のコビト。言っちゃなんだが、着てるもんだってホワイトプリズムというちゃんとしたバレエ用のコスチュームなんだ。特注だから二万円もしたんだ」。心なしか得意そうにそうつぶやき、一回ため息をついてから少しあらたまって告げた。「ここで見たことをひとに言ったらだめだ。言ったら、殺すよ……。じゃあ、だんなさん、踊らせるよ、チッ。」。老人は暗がりで鞄から小さな箱を大事そうにとりだして、キリキリと音を立ててネジを巻きはじめた。「言ったら殺すよ」という言葉が気になった。でも、それはあまりにもさりげなく力なく語られたので、わたしは身構えることもなく聞きながすことができた。聞きながしながら、さりげないもの言いのぶん、本気なのだろうなと合点した。矮人、侏儒という言葉がさいしょはよくわからず、暗がりに正体不明の黒いだまのように融けずに浮かんだ。宵闇に曲が流れはじめた。箱はオルゴールだった。音がかすれて、たよりなく、とてもたどたどしい。最初はメロディがばらけていてよく聞きわけられなかったが、間もなくしてわかった。これはおそらくレハールの「メリー・ウィドウ・ワルツ」だ。オルゴールの曲はなんども途切れた。老人がわたしをせかした。「だんなさん、ほら、はやく見ないと千円分終わっちゃうよ」。あわてて接眼レンズに目をあてがうと、白いコスチュームの少女が無表情に物憂げに踊りをおどっている。銀色のトゥシューズを履いていた。両腕を広げたり、頭上で組んだり、ピルエットを回ったりしている。女の子はシャッセで軽く飛んだりもした。片方の足のつま先を伸ばし、前、横、後ろにだすバットマン・タンジュもやってくれた。それらの動作はオルゴールの曲のリズムとは合わず、少女も曲に乗るというのではなく、ただ夢遊病のようにおどるのであった。どこかを傷めた白い小鳥のようであった。でも美しかった。わたしはじぶんがなにを見ているのか訝《いぶか》った。見ていることと見ている対象の関係がわかりかねた。宵闇、老人、空き地、草むら、犬小屋、双眼鏡、明るい部屋、少女、踊り——が意味ある時空の連なりとしてはどうしてもつながらず、どうかするとおのれの頭蓋の内側を覗いているように思えた。「これはなんなんだ。映画か。あの子はだれだ。わたしはなにを見ているのだろう?」。口が思わずつぶやいた。「だんなさんが見てるものをだよ。いま見ているものを見てるだけだ。いま見えているものを見ているんだよ」。老けた顔の男がそばの闇から言った。と同時に、接眼レンズの向こうが真っ暗になり少女も明るい部屋もぷつんとかき消えて宵闇とひとつになってしまった。そのときに、やっと思い浮かんだ。コビトのバレリーナはわたしの母の子ども時代の写真とそっくりだったのだ。「千円分はこれで終わり……」。

えっ、どうだい、安いもんだろうが」。老人は声を殺して言った。

それから長い無音がつづいた。沈黙ではなく、草も木も土の下にあるかもしれないありとある屍も、みないっせいに息づかいをやめたので無音となった。しばらくして、白いコスチュームの少女がだれなのかわたしは再び問うた。老人は「見てのとおりだよ」と疲れきった声で応じ、さらに「侏儒。コビトさ。哀れなコビト。あの女はコビトなんだよ。かわいそうな唖のコビトだ。からくりや映画なんかじゃない。CGとかいうやつでもない。だんなさんが見たのは正真正銘の生きたコビトだ。俺の女だ、チッ。信じようと信じまいとだんなさんの勝手だが……」。わたしは暗がりのなかで囁かれた言葉に脈絡があるのか、あるとすればどこに筋道があるのか、見つけようと必死だった。唖のコビト、生きたコビト、俺の女……というのがどうしてもわかりかねた。一方で、言葉の筋道の合理性や事実かどうかよりも、いまさっきレンズ越しに見た女の顔の暗さが気になった。もっと見たいか、と老人は問うた。ここまで見ておいて、つづきはもう見なくていい、と言った客はこれまでひとりもいなかったがね、とつけ加えて、絡むような口調で言う。「もっと見たいならもう五千円だよ。値がつけられるもんじゃないが、安いもんだよ、信じられないほどね、だんなさん。言っとくけどね、さっきのはほんの顔見せ。ここから先がいよいよさわり、見どころというやつなんだよ」。言い慣れているのだろうか、声に疲労がにじんでいるものの、よどみはなかった。わたしのズボンのポケットにはもう二千円しか残っていない。そう言うと男はいっそう不機嫌になり「ええ？　だんな、二千円でこのショウのつづきを見ようってのかい。なんてこったい。こっちがみんなで努力して誠意をみせてるってのに、客のほうはなにもお構いなし。なんでもかんでもただ値切りゃいいって腹だ。なんて神経なんだ」。老人の声は依然静かなものの、あきらかに怒気をおびていた。局面が変わりつつある。なんとか応じなければならない。わたしは気息を整えようと深呼吸して「いまはもうお金のもちあわせがないけれども、できることならあの娘さんのショウのつづきを見たいと思っています」と老人に告げ、われながら情けなくなるほど卑屈な口調で、「今宵のこのことは絶対だれにもに口外しませんし、お金は明日にでもおとどけするのでどうぞ安心してください。娘さんのショウはわれわれ皆が見るに値する、じつに奇蹟のようなアートです」とつけくわえた。言ったとおりのことをわたしがそのとき、ほんとうに思っていたのかと問われれば、わたしとしては正直、答えに窮してしまう。たしかにわたしはつづきを見たかった。だが、どうしても、どんな犠牲をはらってでも見たかったかどうかと言えば、それほどまでではなかった。わたしは、どんなものであれ、この世の謎や不思議にわれを忘れるほどの興味というものをもうなくしかけていた。犬小屋のなかにバレエのコスチュームをまとった少女がいて、メリー・ウィドウ・ワルツをバックに踊りをおどった。彼女は唖のコビトだという。だからどうしたというのだ。So what? Who cares? 世界の大勢になんの影響もありはしない。わたしたちには真剣に考えぬかなければならない問題と現象がほかに山ほどある。それなら、なぜつづきを見たいと言ったのか。おかしな犬小屋のなかごときのことを、バカバカしいとうっちゃることがなぜできなかったのだろう。わたしはたぶん、たんに揉めごとになるのを怖れたのだ。老人には、あのつづきを見たいと当然わたしから言われるはずであると決めこんでいるふしがあった。お金があろうがなかろうが、つづきを見たくないとは断じて言わせないぞといった気迫のようなものがあった。ものごとが妥当かどうか、適切かどうかなどお構いなしの、なにか計りがたい狂気か暴力の気配が老人にはあった。背後には数千匹の醜いハイエナかリカオンの蠢《うごめ》きのような闇がひろがっていた。

老人は闇のなかで「チッ、チッ、チッ」と舌打ちしつつ、オルゴールの木箱を指先で神経質に叩きつづけていた。そして言った。ほとんど囁くように。

「いまさら嘘くさいご託をならべないでほしいな、だんな。こっちだってただ金目当てでやってるわけじゃないんだ。ただの見世物とかんちがいしないでくれ。だいたい、ものごとを軽く見ないでほしい。こっちだって金が欲しいだけなら、べつのやりかただってあるだろうさ。必死なんだよ。まっとうに生きるのに、必死なんだよ。はっきり言って、命を賭けてるんだ。おい、わかってるのか、だんな。わかってるなら謝れよ。ここでわれわれに土下座して謝れ。そうしたら、ショウのつづきを見せてやるから、きちんと誠意をこめて土下座しろ。そして穴を掘れ！」

　わたしは逆らわなかった。草地に正座し、犬小屋と老人にむかい「大変申し訳ございませんでした」と詫びて、額にシロツメクサやカタバミがさわるほど深々と頭を下げた。雑草や土のにおいに圧倒された。それらは老人の口臭のようであった。わたしはますますひるんだ。老人が返事しないので、わたしは涙声でくりかえした。理不尽とは感じなかった。償いがたいあやまちをおかしてしまったのだ。そう思って詫びた。「ほんとうに、大変申し訳ございませんでした」。後頭部にやっと老人の声がとどいた。「よし。双眼鏡を覗いてみろ」。屋根にはめこまれた双眼鏡の接眼レンズに再び眼をあてがおうと「目当て」を手探りした。

「およずれだよ、およずれ、チッ！　だんなさん、そう思わないかね。およずれさ。妖言《およずれごと》に妖人《およずれびと》。ズルッとずれちまったんだよ。背骨みたいに。どこからどこにどれほどずれちまったのか、わからなくなっちまってる。もともとの基準っていったって、だんなさん、それもずれてたのかもしれないし、考えたってしょうがないがね」

　汗がふきでてきた。膝が埋まるほど穴を掘った。「浅いな。てんで浅いんだよ」。穴を見下ろして男がわたしを責めた。腰の高さほど掘った。老け顔の男がもっと掘れという。どうして穴を掘らなければならないのか。なぜこんな目に遭わなければならないんだ、とひとりごちた。「黙って掘れ」。老人は命じた。はい、とわたしは返事した。汗が目に入った。鼻の穴や耳、口に土が飛びこんできた。胸が埋まるくらい深く掘った。疲れて穴のなかにしゃがみこんだ。穴の上を見上げた。オレンジ色の巨きな月が浮かんでいた。月明かりを背にして、老人が穴の上にたっていた。その隣になにかとても小さなものがいた。さっきの女の子がトゥーシューズのままでたって、わたしを見下ろしているのだった。

　老け顔の男は、みずから発声することの個々の内容によってではなく、ひょっとしたらじぶんが発語することそのもの、じぶんの声のすべてを嫌悪しているのかもしれない。にもかかわらず、なにごとかを口にしてしまうおのれに憎しみのような感情をいだいているのかもしれない。

女の子がトゥーシューズの先でわたしの額を蹴った。何度も何度も蹴った。蹴られながらわたしはいつまでも穴を掘りつづけた。

VI

肉の森

わたしの初景は人間の裸であった。だが、「初景」なんて言葉はないようだ。なくたっていい。ないならわたしが作ればいいだけの話である。初景——この世に産まれおちてはじめて目にする風景のこと。後年知ったのだが、わたしは赤子から幼年期にかけて「黄金湯《こがねゆ》」という東北地方の銭湯の番台にいたらしい。祖父や祖父の妾であった女性の膝に抱かれて。わたしの初景は番台から眺めた肉の森であった。

幼年期に風呂屋の番台から肉の森をとくと眺めた人間とそうではない者には、人格形成上なにか決定的な違いがあるものだろうか？　なんどか自問したものだ。答えは「ある」。だが、どんな違いがあるかはっきりと言えるようでうまく言えない。

番台で身についたものとは、例えば、どんな人であれ一皮むけば得体の知れない生き物だという、ある種の畏怖かもしれない。それに、裸の人間とは薄ら日の影絵のように輪郭が不明瞭で、蠢々《うごうご》と動く不気味なもの……という「刷り込み」がわたしにはある。そう、これはインプリンティングだ。番台からの眺めによって刷り込まれたものではなかろうか。

なぜわたしが番台にいたのかはよくわかりかねる。父が戦争に行っている間と戦後の一時期であったのはたしかだ。祖父が経営していた黄金湯にあずけられたわたしはもっぱら番台を遊び場にしていたらしい。湯と体臭と汗と垢とがねっとりと融けた、どこか酒粕に似た匂いや、湯気のなかにおぼろにかすむ裸体の、魔物のように重くのろのろとした動きが、人とその世界の語ろうとして語りえない実質《サブスタンス》なのだ。そう思うようになったのも〝番台育ち〟のせいだろう。

番台はじつに不思議な空間である。大した高さでも装置でもないのに、なんとはなしにベンサムが考案したというパノプティコンとか「一望監視施設」、「万視塔」といったものを連想させられる。つまり、そこは浴場のなかでもっとも見通しのきく場所なのだ。そういえば、昔の浴場は「収容所」のおもむきがないでもなかったな。

番台ではあられもない裸の姿態を一方的に「視る」という特権が不文律により許される。そういうことになっている。そこから視るのは、仮に邪《よこしま》な意図であっても、いわゆる病的スコポフィリーのような「窃視」ではないとみなされる。むろん幼児のわたしは人間の裸形をこっそりと盗み視ていたのではなく、善くも悪しくも、これが人体というものの実相なのだとぼんやりと眺めていたにちがいない。

記憶は時とともに濛々《もうもう》たる湯気のなかのように薄れ、かつ歪む。思い出をたぐれば、番台から視た人の躰は、奇妙なことに凸体というより凹体なのであった。あるいは、凸体のなかに樹の洞《うろ》のようなぼっかりとした凹みと翳りをおびていた。それらはきびきびと動くのではなく、黒い洞を抱えたまま、海牛のようにのろのろと浮動しているのだった。

言うまでもなく、人体は千篇一律ではない。帝王切開の痕を刻んだ女、首から踝《くるぶし》まで刺青を彫った男、墨に朱にベンガラに緑青の滲み……。戦中と戦後間もないこととあって、手脚をざっくりと損傷した傷痍軍人も来た。ヒロポン患者もやってきた。脱衣場で巡査に手錠をかけられ連行されていく者もいた。番台の祖父はそれを視ていたはずなのに、そしらぬ顔をして真空管ラジオで広沢虎造かなにかを聴いていた。祖父は通報者だったのかもしれないな。後年わたしはそう疑った。不快だった。

「落つる涙をまぶたでとめる／泣かんとしたが世の中に／泣けといわれて山ほととぎす……」

バカげている。憶えなくていい浪花節のだみ声がまだ耳孔の奥に残っている。

朝風呂には女郎屋の娼婦たちも前夜に身に帯びた自分と客の汗と脂を流しにやってきた。暗い灯りのせいもあったろう、だれの肌も疲れ、くすんでいた。

だがしかし、陰毛だけは躰から独立した生き物のように黒々と盛大に繁茂していて、湯気のなかで海中の藻みたいにゆらゆらと戦いだ。陰毛はおどろくほど活発であった。脱衣場と浴場は木枠のガラス戸で密やかな「結界」のように仕切られていた。脱衣場では籐の籠《かご》に衣類が入れられ、ときには血や膿に汚れた包帯や義足や義手がその場で外され、籠に放り置かれた。その瞬間、消毒薬だけでなく、なにか「どうにもならないもの」が籠からモワッと匂い立った。欠損した骨と肉の暗い切断面をわたしは視た。視たと思った。

怖かった。善悪の次元をはるかに超えた、とてもではないが手に負えないもの。いまでもその「どうにもならないもの」のことを思いやる。わからない。わたしは結局わからなかったのだ。

か弱く、にもかかわらず不逞なもの……。それはいまの世に似ていた。とことん性根の腐りきったものなのに、あまりに腐り果てたために却って〝正常〟にみえてしまうなにかでもあった。

木枠のガラス戸はいつも水滴で揺らめいていた。その向こうの肉の森もぬるぬると肌色に揺らめいていた。そこに言葉にならないなにかがあった。あったはずだ。ああ、菖蒲湯を思い出す。あまりにも青臭い湯。わたしは番台からじっと眺めていた。そんなはずがないのに、妖しく美しい青紫の花弁が点々とイソギンチャクのようにガラスに張りついていた。

墓と接吻——「神の皮肉な笑い」を聞きながら

接吻《キス》というものを初めてしたのは、たしか高校3年の時だった。真夏の夕間暮れ、場所は地霊やら亡霊やら鬼火やら様々な気配のほのめき踊る湿気った墓地である。風はなかった。

昔時、高校生の男女がカフェで逢いびきをするのは校則違反とみなされたために、あらかじめ手紙で打ち合わせて人目のない墓地でおちあった。パソコンも携帯電話もない時代、土も肉も人の気息も、いっそ噎《む》せるほどリアルであった。

相手は特に好きでもなかった女子高生K子。下ぶくれの真面目で無口な生徒で、傍から見たらわたしが加害者、彼女は無辜《むこ》の被害者と判じられたにちがいない。実際、そうでもあったのだが。

接吻とはどのようにすればよいか、然るべき作法をわたしは知らなかった。必然、映画や雑誌からえた一知半解というか、いいかげんな所作を真似するような仕儀とあいなった。ろくなあいさつもやさしい愛の言葉もあったものではない。わたしはいきなり抱きよせて、夢中で彼女の唇を吸った。産まれたての仔猫のような、思いのほか生臭い息を、とまどいながら吸いこんだ。

それは「口づけ」などという生やさしいものではなかった。接吻とはすなわち「吸引」とわたしは誤解していたのである。しかもそれをもって愛を深めるというのでなく、それのみを達成目標とし、自己目的化していた。

ろくに話しもせずに汗ばんだ彼女の背を冷たい墓石に押しつけ、わたしは唇を吸いに吸った。人を嘲るようなカエルや地虫の声を背中や自己の内面に聞きつつ……。

当時わたしは中距離走の選手で、肺活量がかるく4200cc以上はあった。くわえて「最後までがんばれ!」という「スポ根教育」の悪影響から、吸引的接吻をあたかも負けられない競技のように「がんばって」しまったのだった。強力な電気掃除機でバキュームしているようなもので、それはまるで内臓を吸いだすような勢いだったにちがいない。

言うまでもなく、そのとき接吻は愛情表現ではなかった。わたしは、いわば牡ロバのように〝サカ〟っていたのであった。吸引の最中、墓石と墓石の間を血の塊のように真っ赤な夕陽がドスンと落ちていった。湿気った墓地の臭気に線香とドクダミ(そしておそらくは土中の白骨たちの匂い)が混じりあって薄暗がりにいちだんと濃く漂っていたのをいまでも憶えている。

黒い墓石群と蔓草《つるくさ》に蔽われた木々の梢の間に、おびただしい星々があった。まるで突然に呼びさまされたように星々はいちだんとさやけく光った。いや、わたしは接吻に熱中して星など眼に入らなかったはずだったから、星の話はわたしの誤想起か何年も閲《けみ》してからの無意識の潤色であろう。

哀れなK子は結果、気を失い、わたしはとってつけたような罪の意識とともにあわてて彼女を介抱したのであった。

にしても、接吻が愛情表現でなかったのなら、あれはなんだったのだろうか？　ありふれたことだけれど、視点を変えてみれば、情景はずいぶん危うい。事態はたぶん、「暴戻《ぼうれい》」というやつに近かったのではないか。相手の意向などまったくおかまいなしだったのだから、まさに暴力であり危険でもある。

わたしはK子の抵抗を前提せずにしきりにサカっていた。不同意や抵抗や不服従を念頭におかない行為くらいあやういものはない。まかりまちがえば「殺人」にだってなりかねない。いや、あれはついに露見しなかった「殺人」であったとも言えるのではないか。殺しはしなかったが、少なくともゼラチン状の記憶の膜には〝おぼろな殺し〟として刻まれているのだから。

爾後《じご》、「墓地の殺人者」という影のごとき自責の念をわたしは密かに引きずるようになっていた。

K子はわたしのために京都の絵はがきを持ってきていた。旅の土産の金閣寺。けれども、発情したロバが金閣寺などに興味をもつわけがない。絵はがきはもみ合いのすえ結局、彼女の手をはなれ墓地にキラキラと散乱した。

どうしてだろうか。彼女を相撲の鯖折《さばお》りのような格好で抱きながら、荒ぶる欲動の底にわたしはうっすらと鉄錆のような屈辱を感じていた。それに、崩壊か破滅のような景色を脳裡に描いていた。あるいは、これは後年、はっきり言葉として意識したことなのだが、「神の皮肉な笑いのようなもの」を背中に浴びていた。

あのころわたしは外見はすこぶる元気で、同時に、大いに矛盾するけれども、息も絶えだえの思いで生きていた。エネルギッシュに、かつ、いつも疲弊して暮らしていた。学校といい家といい、合わない周囲におのれを強いて合わせ、それにより疲れきって空回りしつつ日に日を重ねていた。

わたしはむしろ苛烈に生きて、的皪《てきれき》と果てたかったのかもしれない。あるいは、いかに誹《そし》られようとも、「全身膾《なます》のごとくに切り刻まれて、子路は死んだ」(中島敦「弟子《ていし》」)の子路のように華々しく散りたかった。しかし、そんなわたしをいつもせせら笑う影のようなものを、いつも払いのけがたく背中に負うていた。

「すべての倫理、すべての正義を手軽に吸収し、音もなく存在している巨大な海綿のようなもの。すべての人間の生死を、まるで無神経に眺めている神の皮肉な笑いのようなもの。それら私の現在の屈辱、衰弱を忘れ去らしめるほど強烈な滅亡の形式を、むりやり考え出してはそれを味わった。そうすると、すこしは気がしずまるのであった」

武田泰淳の右の文（「滅亡について」1948年）ほどつくづく得心できる独白はない。初めて読んだのはいつか忘れた。ただ、読めば読むほど納得し、かつ、打ちのめされる。そして、遠い日の墓地のK子のことを、あの生臭い息とともに、そぞろ懐かしく、幽かに怯えつつ思い出す。

泰淳は東大時代から左翼運動に参加したのだが、官憲に逮捕されて運動から離脱（いわゆる「転向」）、1937年の出征前に得度し、中国の戦場では「二度の殺人」を経験したといわれる。無辜の民にたいする殺しの記憶と葛藤が、皮肉にも泰淳の文学を豊穣なものにしている。

泰淳の経験には無論、及ぶべくもない。較べるべくもない。だが「音もなく存在している巨大な海綿のようなもの」を、わたしはかつても今も心のどこかで意識している。殺さなかった墓地の殺人事件の犯人であるわたしは、すべての倫理、すべての正義をたやすく無効化する「海綿」の存在を疑ったことはない。昔より今の世の方が海綿はむやみに肥大しているとも思う。

夜半に目覚め、墓場の記憶をたぐる。〈わたしはほんとうに人を殺していないか?〉——。はっと息を呑む。疑う。被害者K子も、わたしに吸引されたふりをしながら、じつのところ、内心笑いながらわたしを吸引していた見えない海綿だったのではないか……。

「絶対の異界」を覗くこと

──『武田泰淳全集 第五巻』に寄せて

これを勧めるわけは、煎じつめれば二つある。わたしが年来「世界的傑作」とおもってやまない（しかし余人はだれもそうはおもっていないらしい）短篇「汝の母を！」がおさめられていることと、巻末にねかせておくにはいかにも惜しい開高健の極上「解説」が収載されているからである。未読のひとに「汝の母を！」の筋書きを言うわけにはいかない。なんど読んでもそのたびに打ちのめされる小説というのはそうそうめったにあるものではない。饒舌家をして沈黙せしめる、たちまち驚倒してのちに潜思おくあたわざる短篇のひとつがこれであろう。なにしろ、少々のことでは眉ひとつうごかさぬ開高さんが「……そこに述べられてある事実の絶対ぶり、異界ぶりにはただ沈黙しかない。文学の〃解説〃の対象として扱うには三度も十度もためらいたくなる。〃豊穣〃、〃多様〃、〃広大〃の武田泰淳氏は事実ですが、この事実を蔽って何らかのことばを案出することは避けたくなることとです」と、かたるに訥々として、文字どおり難渋しているのである。したがって、未読ならあなたは「汝の母を！」を読むしかないのだ。

開高さんは泰淳について「氏の作品の主人公たちはたいてい異界を抱き、熱くか冷たくか、いずれにしてもそれに耐えるしかないと観じ、ときには耐えるために耐える負の情熱で自身を食べて生きていく。異界はおびただしい肉なるものを彼に負わせ、苦しめるが、彼はそれを他人に割譲することも、他人にそこへ浸透されることも不可能だと感じている」とも記している。これ以上遠慮も会釈もないもない、ゾッとするほどリアルな泰淳論があるだろうか。そう、泰淳とは、ニッポンが世界に胸をはって誇るべき「化け物」なのである。

「戦争がなかったらおれは小説家になっていなかったかもしれないな」。ある日、武田泰淳は開高さんにそうもらしたことがあるらしい。そのとき泰淳が口にした「戦争」とは、戦後70年なんとか企画で喋々されるような、わざとらしく、そらぞらしい、かつ軽々しい「センソウ」ではなく、泰淳のからだに肉化され骨化され個人化された割譲不能の奈落であったことはまちがいない。「汝の母を!」には奈落の底がみえる。

一冊をあげよと言われたので全集第五巻をあげたが、むろん、全巻を読むのにこしたことはない。そうすれば泰淳が中国で二度の「不必要な殺人」を犯し、それを戦争一般のせいにはせず、おのれの「鉛のような無神経」の結果として、記憶をからだに彫りつづけていたこともわかる。ところで、第五巻の開高解説には、泰淳が「どういうものか、靖国神社だけはお詣りを欠かしたことがありません。かならずお詣りをします」とあり、仰天した。だが、泰淳をきらいになったことはない。

「侮韓」のなかの中島敦生誕110年

日韓関係が戦後史上最悪だという。曰《いわ》く「約束を守らない国」「国際常識を解さない人びと」「信用のおけない隣国」「なくてもよい国」……日本社会のもの言いには整合的論理をこえた累代の黒い情念＝侮蔑の感情がこもる。「チョン死ね」「ゴキブリ朝鮮人」「殺せ、殺せ、朝鮮人」などという、当初は一部のデモやネットの世界にかぎられていた聞くに堪えない悪意と罵声が、ここにきて文在寅《ムン・ジェイン》政権非難にまでかさねられ、日本の対韓感情はさらに撓《たわ》み屈曲の度をつよめている。これはいったいなんなのか？　直截《ちょくせつ》の異様な文言を押し殺していても、いわばくぐもった形での〝侮韓〟や〝嫌韓〟という歪んだセンチメントはかつてより広く一般に浸透しつつあるようにも見える。「近代の反復」とでも言うべきこの傾向は危険である。官民あげての対韓ヘイトの様相も呈している状況下で、生誕110年を迎えた中島敦（1909～1942年）の書きのこした朝鮮経験が、いま想いおこし、なぞるに値する貴重な光彩を放っている。日本はなぜこうでしかなかったのか。中島敦はなぜ深い視座を保ちえたのか。

実のところ、わたしたちは韓国をあまり知らない。ということは、旧植民地宗主国・日本（大日本帝国）が彼《か》の地でなした所業についても肝心な知識と記憶を欠いているということだ。いやはや、知りもせずにヘイトに加わっている者のいかに多いことか！

先だっての「大嘗祭《だいじょうさい》」の中心的儀式「大嘗宮の儀」のほんの数カットをテレビで見てほとほと呆れた。かくも呪術的で醜怪かつ不気味な祭祀が、恥ずかしげもなく税金をつかって現在も大々的になされ、報道メディアもほとんど無批判であることには暗澹《あんたん》とし、鳥肌が立つ。あんなものがなぜ必要なのか？

そういぶかるとき、はっと思い浮かんだものは「朝鮮神宮」である。この国はかつて国家神道を臆面もなく周辺諸国にも押しつけていたのだった。1919（大正8）年、天照大神と明治天皇を祭神とする「朝鮮神社」を京城（現ソウル）に創立することが決められ、途中、関東大震災（1923年）があったにもかかわらず、6年かけて竣工《しゅんこう》。当時の朝鮮総督府は「皇民化政策の一環」として神社参拝を奨励し、各家庭での「神棚」設置まで促した。「朝鮮神社」はその後、「朝鮮神宮」と改称され、例祭ごとに天皇の勅使がでむき、宮司は勅任待遇であった。日本は植民地の政治的統治だけでなく、言語や宗教など内面の支配にまでこだわったのだった。

外国にまで神社をつくる（無）神経は相当のものである。皇民化政策の苛烈さは知っていたが、若かりし日に中島敦の手になる次のくだりを読んだときにはちょっと混乱した。

その日の放課後私達は本町通りの三越に寄った。それは恐らく、日本で最も早い熱帯魚の紹介だったろう。（「虎狩」1934年）

ここで言われている「本町通りの三越」は、東京ではなく、京城のそれである。同時にそれは「日本で最も早い熱帯魚の紹介」とされているとおり、日本帝国主義の主観的版図のなかにあったのであり、そのこと自体に中島が反発したふしはない。「内地」日本の周縁にあった朝鮮は、他国ではなく、「外地」日本または「新内地」とみなされ、「内鮮一体」のスローガンのもとに「半島人ヲシテ忠良ナル皇国臣民タラシメル」という同化政策（皇民化政策）がはかられた。

そのことが朝鮮民衆のアイデンティティをどれほど深く破壊し傷つけたか計り知れない。朝鮮蔑視と日本ナショナリズムの夜郎自大は別個のものではなく、一個にして同時に進行・肥大して、挫折もせずに今日にいたっているのであり、「歴史認識」などという政治的紋切り型の議論で済む話ではない。

蔑視というのは、蔑視する当人の主観的見積もりや〈差別などしていない〉という自己申告と異なる「埋もれた意識」であり、隠れた視線である。日本はごく短期的にみても、韓国併合（1910年）から、惨憺《さんたん》たる敗戦と朝鮮戦争および朝鮮特需による濡れ手で粟の経済繁栄までの歴史的プロセスのなかで、「埋もれた意識」を自己解析することも、それと格闘して徹底的に払拭することも、ついぞなかった。「埋もれた意識」は結果、日韓を隔てる名状のむずかしい暗流として途切れることなくつづいている。

別の観点からいえば、中島敦の〝朝鮮もの〟といわれる短篇（「虎狩」「プウルの傍で」「巡査の居る風景――一九二三年の一つのスケッチ――」）はいずれも、彼の地で日本人がなにを語り、なにをしでかしてきたかの貴重な証言でもある。「埋もれた意識」は、戦後の後知恵としてではなく、日本帝国主義の実時間に、中島の慧眼《けいがん》により早くから浮き彫りにされていたのだった。

中島が21歳で書いた「巡査の居る風景」（1929年）は、短篇小説とはいえ、まさに1920年代の京城の実情なのであり、「内地人」と朝鮮人がどのような関係にあったかの実録でもある。府会議員選挙の次の文章には植民地支配者の傲岸と被支配者の屈辱と追従がたちまじるさまが活写されており、現在も想起し、なぞるべき史料的価値があるだろう。

……何人かの内地人候補の演説についで、たった一人の朝鮮人候補の演説が初まった。商工会議所の頭もやったことのある、内地人の間にも相当人望のあるこの候補者は巧みな日本語で自分の抱負を述べ立てて居た。が、その最中に、一番前に居た聴衆の一人が立上がって「黙れ、ヨボの癖に。」と怒鳴ったのだ。二十にもならぬ位の汚ないなりをした小僧であった。高木巡査はいきなり、其奴の襟首をつかまえて場外に引ずり出して了った。と、その時此候補は一段と声を高くして叫んだのだ。

――私は今、頗《すこぶ》る遺憾な言葉を聞きました。併しながら、私は私達も又光栄ある日本人であることを飽く迄信じて居るものであります。

すると忽ち場の一隅から盛な拍手が起って来たのだ。

「ヨボ」については「ちくま日本文学全集」の註では「おい。おまえ。主に夫婦間で使われるよびかけの言葉。日本が朝鮮半島を植民地としていた時、侮蔑二人称として日本の軍人や警察官らによって朝鮮人に対して使用された」とある。たった一人の朝鮮人候補者に日本製の蔑称でヤジをとばす「内地人」がいたということもさることながら、さらに胸を衝かれるのは、作中、朝鮮人候補者が「私は私達も又光栄ある日本人であることを飽く迄信じて居る……」と叫んだことだ。哀しくはないか。痛くはないか。

じっと考えてみる。蔑称としての「ヨボ」と「光栄ある日本人」は、われわれの父祖たちがかつて、ひとりびとりの朝鮮人に無理強いした正反二つのアイデンティティだったのである。

「元来、私の家では、父などは自ら常に日鮮融和などということを口にしていたくせに、私が趙と親しくしているのを余り喜んでいなかった」――というくだりが中島の短篇「虎狩」にはある。趙は、主人公の内地人「私」の友人、趙大煥である。口では日朝友好を言いながら、その実は「半島人」趙と「私」が交際するのを父親がいやがっていたということだ。京城在住の日本人もまた、正反二つの顔で朝鮮人と接していたのだった。

その趙が「内地人」の手ひどい虐めに遭い、苦しげに呟く言葉が印象的である。「どういうことなんだろうなあ。一体、強いとか、弱いとか、いうことは」。この言葉は「私」を咎《とが》めるように何度かくりかえされる。答えはあたえられない。

「巡査の居る風景」では「骨も砕けてしまいそうに」寒い南大門の下にいきだおれ死体がある。そして、「半分以上出来上った朝鮮神社の槌の音」が高らかに鳴り響いている、と綴られている。中島はそれを見聞きしたのだった。若かったころ（そしていまでも）、わたしはこれらを読みつつ心が震えた。「果たされない義務の圧迫感がいつも頭のどこかに重苦しく巣くっている……」という朝鮮人巡査の憂悶《ゆうもん》は、こちらの胸に冷えた鉛の川のように流れこんでくる。

「果たされない義務」とはなにか？　もしもわたしがコリアンであったなら、どうしたか。第二の安重根《アン・ジュングン》たらんと志さずに済んだろうか。不世出の天才、中島敦は同じ自問をしたにちがいない。

過去・現在・近未来の闇——『青い花』の咲くところ

　生き物はいっぱんに光に刺激されてその身をうごかす「走光性」という本能をもつらしい。走光性のうち、光にちかづく行動は正の走光性、逆に光から遠ざかる行動は負の走光性とよばれ、前者の本能の持ち主はガ、ハエ、ヒトの大多数であり、後者はミミズ、ダンゴムシ、ムカデおよびごく少数のヒトであることが知られている。とすれば、わたしはさしずめミミズ、ムカデのお仲間であり、負の走光性すなわち走闇性を永年の本性とするものだから、きょうびのようにどこへいこうが灯が燦爛《さんらん》とひかりかがやき、闇がつぎからつぎへとかき消されていくなりゆきはまことにつまらなく、生きにくくてしようがない。

　２０１１年の大震災によいことなどなにもなかった。けれども、とつじょ甦った闇は、この国をめくりかえし、ひとの内面を根底から揺るがす作用があったのもたしかである。走闇性のわたしとしては回想を大いにそそられて、毛穴がいっせいに開くような、えがたいおもいをあじわった。大震災直後に詩集『眼の海』（毎日新聞社）を書きはじめ、それを黯然としてつづりながら、どうじに、ぬばたまの夜のむこうに小説『青い花』を構想したのも大震災の闇の潜在力に刺激されたからにほかならない。闇の力とは、皎々たる光のもとでは回復不能な記憶をとりもどし、啓示や黙示めくひらめきを真剣になぞろうとさせてくれる、じつに神秘的ななにかである。

停電の暗中にあって、わたしはふと記憶抹殺刑（ダムナティオ・メモリアエ）という刑罰をおもった。ローマの元老院でこの判決を下された者は、存在の痕跡のあらかたを抹消され、忘却と沈黙のかなたにおいやられる。かつてたしかに「あった者」と「あったこと」が、人為的に「なかった者」「なかったこと」にされるわけである。この記憶抹殺処理法はローマ帝国にかぎらず、じつは、近現代ニッポンの民衆の集合的記憶（日露戦争勝利）や集合的忘却（アジアでの大量虐殺）などにも通底し、個別には、狂者とみなされたひと、体制にどこまでもはむかった者、名状のあたわざるほどに醜猥《しゅうわい》なる者らは、しばしば暗々裡に公式の歴史から消去され、忘却の穴にうめられてしまった。

ゆくりなくもたちあらわれた大いなる闇のなかで、わたしは右のような「不都合な記憶」「不都合なひとびと」に復権のチャンスをあたえようとおもいたった。『青い花』は、集合的忘却で葬りさられた名もない者たちが、過去を背に、現世《うつしよ》の闇にぼうっと燐光のように姿をあらわし、現在という白日の虚妄を曝《さら》すとともに、近未来における想像を絶する酷烈を黙示する物語である。登場するのは、かつて「あった者」とできごとであるのに、無意識のダムナティオ・メモリアエによって忘却と沈黙の海に沈められたひととと史実だ。過去の闇、そして現在を生きることの空虚と焦慮と不安、子どもたちと孫たちの全員がどうあっても直面せざるをえない、すぐそこにある近未来の無間地獄が、青い花々とともに作中に織りこまれている。

まさか、冗談でしょう。そう言って笑うひとは大いに笑うがいい。ただ、哄笑のすえに、現世と交叉する底なしの恐怖を文中にかんじて胸がこごえる読者がいたとしたら、著者にとって望外の手ごたえではある。で、蛇足をふたつほど。『青い花』を究竟《きゅうきょう》の「恋愛小説」だと分類した読み手がいて、心底うれしかったこと。もうひとつ。大幅加筆前の『青い花』は文芸誌に発表されたのだが、編集部から十数カ所にわたる語句や人名、歌のタイトルなどの改変をもとめられたこと。公権力の容喙《ようかい》ではない。それゆえに、かえっておどろき慄然とした。「もっとも明るいところがもっとも暗い」。ある作家が書いたとおりのなりゆきである。書籍化にあたり、改変個所の大半をもとにもどしたことは言うまでもない。

壊《え》

あ。お。み。ど。ろ。よ。り。い。ず。る。もしくは、あ-お-み-ど-ろ-よ-り-い-ず-る……かな。音が首をゆっくり伝っていった。意味というのではなくして、音の泡として。たんなる気泡さ。あ〜お〜み〜ど〜ろ〜よ〜り〜い〜ず〜る。じぶんの喉がいま、そう言ったのだろうか。いや、〈言った〉なんて大げさ。そんな感じで咽喉のなかの蛭《ヒル》（正確にはチスイビルだ）が一匹、這い、くねり、ふるえたのだろう。でも、あおみどろそのものをイメージしたわけじゃない。あおみどろを思いうかべたとしても、あおみどろよりいずる……みたいな発音か振動が生じたあとに、にちがいない。不意の不随意的発声または身体振動のほうが先だった。そのことは（そのことを、か）きちんと報告すべきだろうか。ST（スピーチ・セラピスト）の小比類巻絹子さんに。「あ・お・み・ど・ろ・よ・り・い・ず・る」と、あおみどろというものを想像するまえに、口がかってに言ったみたいなのですよ。絹子さんは耳をかしてくれるだろうか。もちろん、かしてくれるさ。1、2回か2、3回なら。ビー玉みたいな目をして。それ以上は眉間に縦じわをつくるだろう。ふくざつなことはなるたけ平明な言葉で語るほうがいい。そう言えば、〈なぜ?〉と問いかえしてくるのがふつうなのに、絹子さんは全然のってこなかった。てごわいと言えば、てごわい。聞こえなかった顔をする。こちらをあらかじめ〈おかしい〉ときめつけている。そんなおんなとわたしはやりたい。やってやりたい。

「絶対感情」と「豹変」——暗がりの心性

1990年代のこと。破綻国家ソマリアの首都モガディシュのホテルで、夜、鷗外の「高瀬舟」を読みはじめたら、こんなところではとてもではないがはいりこめるものではなかろうとおもっていたのが、じぶんでじぶんが怖くなるほどのめりこんでしまった。ヘリの回転翼が夜を切る音、爆撃音、震動、銃声、停電、闇、静寂、点灯、停電……が間歇《かんけつ》し、すぐ外の暗い往来には爆弾で破砕されたひとのパーツがゴロゴロところがっているというのに、それらの戦いも「からだ」もあまりに遠く、極東ジャパンの古典的フィクションに描かれた、たかだかひとつの自殺体のほうにどきどきしたことにわれながらおどろいた。「喜助」の弟の、噴水みたいに血を噴きだす喉笛のあたりや、アフリカとはさしあたりなんのかんけいもない「庄兵衛」の内面のほうがやけに生々しく、身近に、切実に感じられて、狼狽し、薄暗がりで顔が火照った。あれは不意の自照とでもいうものだったのだろうか、なんだか照れくさく、きまりわるくもあった。暗闇でからだをくねらせながら、あいまいに発光するミミズのような記憶である。

吉本隆明さんには90年代半ばに4回お目にかかった。毎回、その発光するミミズのようなことについておたずねしようとおもってでかけたのだが、いざ話しはじめると、きもちがうわずってしまって、ミミズをけろりと忘れた。そのくせ、吉本さんのことをおもうときにはいつも、ねっとりとしたモガディシュの夜と「高瀬舟」の風景が頭の奥のほうにわいてくる。「次第に更けて行く朧夜に、沈黙の人二人を載せた高瀬舟は、黒い水の面をすべつて行つた」のラストセンテンスが、高瀬川ではなく、あろうことか、ソマリアからインド洋へと注ぐジュバ川の小舟のように瞼に浮かんでくる。ジュバ川の小舟には喜助でも庄兵衛でもなく、たぶんAK-47ライフルかなにかを手にした長身痩軀の海賊が夜にどろっと融けるようにして乗っていて、闇の奥から豹のような目をひからせている。「知足守分」とやらも安楽死の是非もあったものではない。食うか食われるか、生きるか死ぬか、やるかやられるかだ。「高瀬舟」の、できすぎなほどの「辻つま」と、国家が崩壊しアノミー化した世界の「無・辻つま」。前者にリアリティをかんじ、後者にはあまり現実味をかんじないのはどうしてでしょうか。問いそびれた。

きたるべき戦争を、あたるかあたらないかわからないけれども、わたしはじつは予感している。諸国家の過熱と熔解、つまり世界の全面的アノミー化のイメージもきょうびはチラホラどころか大いにある。吉本さんが世界のアノミー化についてなにか言ったか言わなかったか知らない。ただ、戦争についてはかつてとても興味深いことを記している。かれは「じぶんの〈国家〉が他国家から侵攻された場合」という、いまとなってはずいぶん今日的シーン、というか、吉本さんにしては的然にして直截にすぎるともおもわれる状況を仮定し、「わが国の大多数の感性」がどのように反応するかについて、論述したのであった。読者としては固唾をのまざるをえない。しかし、その答えはある意味で拍子抜けで、意外でもあった。「わたしの思惑では……わが国の大多数の感性は、じぶんで武器をもってたたかわないとおもう」(「天皇および天皇制について」『国家の思想』=戦後日本思想大系5=筑摩書房　1969年)。若いころこれを読んで、わたしは感心しつつも、首をひねった。他国から理不尽に侵略されでもしたら、この国の人びとの感覚は右も左も俄然、別人のように凝縮して「祖国防衛」にたちあがるのではないか、とおもいもした。

しかし、かくも長かった戦後とおなじぶんだけ老けもしたわたしは、昔日の吉本さんの確然たる予測にうなずき、いまでは奇妙になじみつつもある。「太平洋戦争の敗戦から現在までの共同経験を綜合すれば、わが国の大多数の感性は、特異な〈豹変〉の型をもっている」とかれは言う。「もしわが〈国家〉を侵略し支配した〈国家〉が、適度に友好的であり、適度に好政策をうちだし、日常的に接触する場面でも素直さと善意とをみせれば、忽ち、好ましくないとおもった侵略状態は、好ましい友好状態と感ぜられるようになる。どんなに友好的であろうと、支配されているという公的な状態は徹底的に排除さるべきであるという発想はわが国の大多数には存在しない」（前掲稿）。直接にはGHQによる対日占領政策とそれへのニッポン官民のおどろくばかりのひれ伏し方と従順さを見聞した経験をもとにしているにせよ、支配という公的状態に身をもって刃向かう発想がそもそもニッポンの多数者にはない、という指摘には、いまさらはっとおどろきつつ、かれの転向論、天皇〈制〉論、国家論との絡みでも依然おもしろく、きたるべき戦争でこの国の人びとが、ぜんたい、どうたちまわるのか、という観点からも興味がそそられる。

吉本隆明さんが右のような〈豹変〉を図式的にもちだして、いちがいに軽蔑したのではなく、逆に被支配のありようを、国家からはなれた、ただの民衆の生きる方法として柔軟に評価していたのは、次の記述でも明かである。「むしろ、この〈豹変〉の型に異族支配にたいする永続的な智恵をみたほうがいいのではないか。出自不明な支配者にたいする土着の種族の智恵という考えかたが、わたしには魅力的である」（前掲稿）。こうした論及は、かれが生涯かくすことのなかった戦時中の天皇への〈絶対感情〉と相矛盾するのではないか、とみえなくもない。だが、〈豹変〉と〈絶対感情〉は時期と位相がことなるのである。〈絶対感情〉のほうが先にあって、敗戦により「〈絶対感情〉としての天皇（制）像」が「わたし（吉本氏）の内部で崩壊し」、その後の〈人間宣言〉も空虚とおもわれたときには、すでに掌をかえしたように戦いを一切やめ、原爆を2発も投下した残虐な占領者に平気でまつらう「わが国の大多数の感性」の〈豹変〉が、炙りだしのようにみえてきたのだろう。こうして炙りだされ、めくりかえされた、いまにつづくニッポン（人）像は、わたしのなかではさらに増幅され、およそ不正追及のためにどこまでも戦うということをしない卑小でアパセティクな、しかしながら、こぢんまりと内面の「辻つま」だけをあわせて生きている不可思議な幻像となっている。

吉本さんはわたしにこんなことを言った。「……戦後になると、相対的なものばっかりなんですね。僕は選挙は敗戦後すぐに一回だけ行ったことがありますけど、それだけですね。なぜかというと、ぜんぶ相対的だからですよ。誰を選んだって、どの政党を選んだって、絶対的なものをくぐり抜けてきた候補者も政党もありませんから。こんなものから選べないよと思ったんですね」（『夜と女と毛沢東』）。そこがわからないといえばわからない。どうじに、わかるといえばすこしわかるのである。わたしは天皇（制）にたいする〈絶対感情〉を抱懐したことがない。けれども、そうした〈絶対感情〉ないしそれに類するような情念をもった者たちが、かつてきわめてたくさんいて、かれらのほとんどが戦後さしたる苦悩もなく〈豹変〉し、ものごとをすべて相対化してしまったことも承知している。これは他人事ではない。ずいぶん薄らいだとはいえ、わたしじしんもまた〈絶対感情〉の残照を折々「からだ」にあび、ときに〈豹変〉に反発しながら生きてきた自覚がないわけではない。

　政治とはどのみち徹頭徹尾、相対的インチキでしかない。あれだけの戦争をやらかしたニッポンの吉田茂首相は昭和21年（1946年）6月、衆院本会議で涼しい顔で答弁して万雷の拍手を浴びた。「戰爭抛棄に關する本案の規定は、直接には自衞權を否定はして居りませぬが、第九條第二項に於て一切の軍備と國の交戰權を認めない結果、自衞權の發動としての戰爭も、又交戰權も抛棄したものであります、從來近年の戰爭は多く自衞權の名に於て戰はれたのであります、滿洲事變然り、大東亜戰爭亦然りであります」「戰爭抛棄に關する憲法草案の條項に於きまして、國家正當防衞權に依る戰爭は正當なりとせらるるやうであるが、私は斯くの如きことを認むることが有害であると思ふのであります（拍手）」「近年の戰爭は多くは國家防衞權の名に於て行はれたることは顯著なる事實であります、故に正當防衞權を認むることが偶偶戰爭を誘發する所以であると思ふのであります、又交戰權抛棄に關する草案の條項の期する所は、國際平和團體の樹立にあるのであります、國際平和團體の樹立に依つて、凡ゆる侵略を目的とする戰爭を防止しようとするのであります、併しながら正當防衛に依る戰爭が若しありとするならば、其の前提に於て侵略を目的とする戰爭を目的とした國があることを前提としなければならぬのであります、故に正當防衛、國家の防衛權に依る戰爭を認むると云ふことは、偶々戰爭を誘發する有害な考へであるのみならず、若し平和團體が、國際團體が樹立された場合に於きましては、正當防衛權を認むると云ふことそれ自身が有害であると思ふのであります、御意見の如きは有害無益の議論と私は考へます（拍手）」。68年後のいま、事態はめぐりめぐって周知のとおり。科学技術は不可逆的かもしれないが、政治の退行は歴然としている。「新たなる戦前」がきているとおもうのはわたしだけだろうか。

つらつらおもうに、しかし、こんなことを天国の吉本さんと話したいのではない。かれが「天皇および天皇制について」に書いたように「日本人的であるということと天皇（制）にたいする感性とを同一のものとみなす」ことは錯覚なのかどうか。「國體」とは結局、どのような概念であり、いかなる実体または非在だったのか。それはわれわれの「からだ」や神経細胞とどのようにつながり、感応しあうのか。ニッポンの民衆が「猫変」ではなく、再びミリタントに「豹変」することはないのか。そんな暗がりの心性のようなことどもを、もしこんどお目にかかる機会があったら、問うてみたい。そして、生前はつい訊きそびれた、わたしのなかでぼうっとひかるミミズのこと。モガディシュの闇にはたくさんの無残な屍体があったのに、正直、それらを異境の非現実的な影絵のようにしかとらえられなかった一方で、「喜助」の弟の「からだ」（ときには漱石の『こころ』における「K」の自殺体）のほうを、わたしじしんの存在の奥底を血で赤く照らす「からだ」としてリアルにかんじたのはなぜなのでしょうか。そう問うてみたいのである。

吉本さんは「現在の政治権力が覆滅されたとき、天皇（制）もまた覆滅されることも確かである」（前掲稿）とも書いているが、2014年の現実をみれば、よもやそうは言うまい。〈不問に付されている〉天皇（制）は、まさにずっと不問にふされているがゆえに、世界が滅びても、薄陽のように生きのこる気がする。わたしたちは、行く先がソマリアにせよイラクにせよウクライナにせよ、天皇（制）を無意識にからだのなかに入れてもちあるき、すべてが破綻した曠野にあってさえ、礼儀正しく、いじましく、こぢんまりと辻つまあわせをしようとするのではないだろうか。

紊乱《びんらん》は、なぜひつようなのか——寺山修司のいない空無のファシズム

しばしば誤解されることなのだが、寺山修司は世に「正義」と「公正」（いわゆる〝ジャスティス〟）を期待したことなど、ただのいちどもなかった。では、かれはなにをさがしていたのか。管見によれば、それは「おもしろさ」の極限であり、寺山の命は、どうすればひとを「おもしろがらせることができるか」の謀《たばか》りなしには一日もながらえることがあたわなかったのである。「おもしろさ」の再現と創造とそのための謀議は、言うまでもなく、〝ジャスティス〟のありえもしない実現より、はるかにむずかしく、大いに危険をともなう。極論しよう。たとえば、発情（暴力）禁止令を、当局に敷かれるまでもなく、人民と党とメディアみずからが粛々と実行する民主主義風の擬制《フィクション》と、発狂と劣情をもっぱらにする制御なき混乱——の、いったいどちらに寺山の血はさわいだか。答えるひつようもあるまい。

で、げんざいに寺山修司を甦らせたらどうなるのか。徒しごとではある。かれは、まことに賢明にも、とうのむかしにこの世とおさらばしたのだから。だが、それでも寺山

のあの声と顔がときに胸をかすめるのは、こんにちの世界が全民参加型の整序社会のたてまえのかげで、アルトー顔負けの残酷演劇と、わらうにわらえぬ（総員大根役者の）笑劇《ファルス》の混合劇場と化し、あろうことか、ぜんたいとして明白な戦争構造をていしているからだ。あるいは、こう言ってもいい。かつてはありえなかった虚構がありとあるフィクションを蹴ちらし、食いやぶり、ついに堂々と「事実」の玉座にすわった、と。そうした逆転を、前世紀からつとに予感し、さまざまな予備実験もしていたのは、目下、「空無のファシズム」を謳歌するにいたっているこの国では、寺山修司とほんのわずかの人間たちしかいなかったのだ。

寺山は世に「正義」と「公正」をもとめなかっただけでなく、「平和」をも期待していなかったかもしれない。だとしたら、かれの内心はげんざいのニッポンにニタリとわらって納得しただろうか。とんでもない！　かれがどうあっても赦せなかったのは不正義、不公正、差別、ファシズム、スターリニズムである以上に、「つまらなさ」と「おもしろくなさ」——すなわち、軽い巨体で、合法のよそおいでしつこく、民主的にのしかかってくる、一律の扁平な声と風景だったはずだ。だがしかし、寺山没後34年、畸形《きけい》も異端もイカレタ人びとも、妖しい隈どりをすっかりはぎおとされ、髄まで意味をはく奪され、しらじらと整序された完ぺきな無意味社会に収容されて、じつにていねいに無機質に分類されたあげくに、ていちょうに殺すかのように生かされている。そのような空無のファシズムにあって、寺山的な風紀の紊乱は依然はたして可能なのか。ひつようなのか。

右の設問に解答するには、おもしろさとはなにか、狂気とはなにか、といった始原のテーマにたちかえらなくてはならない。それはとりもなおさず、寺山修司とはだれだったのかを問いなおすこととおなじい難行にみえるのだけれど、すぐれたアフォリストでもあった寺山は、ちょっと口をとがらせて、じぶんは「ただのげんざいにすぎなかった」とでも、さりげなく応じたのではないだろうか。寺山によると、レフ・トロツキーはソ連の惨たる粛清をみて「おまえはただのげんざいにすぎない！」と吐きすてたのだそうだ。いつ、どこで、どのような文脈でトロツキーがそう言ったのか、かならずしもさだかではない。が、だいじなのは寺山がそのセリフを「何と美しいことばだろう」と賛嘆したことなのである。かれはすぐにつづけて「ポケットには、外れた馬券が二、三枚。アパートの台所には、まだ洗っていない丼《どんぶり》が一つとハシが二本、洗濯屋には夏のシャツが入ったままだ……」とうたったものだ。

ふたたび自問する。このようなスケッチと叙情は、すでにこなごなに解体され、あとかたもなく気化したのではないのか。もう無効ではないのか。にもかかわらず、〈ただのげんざいであるにすぎない〉愚劣な現象をどうしてものりこえることができない、というのはどういうことか。しかも、わたしたちのげんざいは、人間を相互に、丹念に、反復的に、とぎれなく、侮辱しつづけながら、「この国のさわやかさがすきだ」などと目をかがやかせてさけび、一路、戦争へとむかうのである。寺山修司は甦りはしない。しかしながら、もっとも呪うべき秩序がいま現前しているからには、かれの霊はけっしておだやかではいられないだろう。寺山修司はくりかえし逆説をかたった。戦争も核兵器も、狂気からではなく、人間の理性と知性からうまれるのだ、と。しかり。こうした秩序をしっかりと紊乱しなければならない。でなければ、「おもしろさ」は永遠に死滅したままだろう。

初出一覧

Ⅰ
・入り江の幻影――書き下ろし

Ⅱ
・「新たな戦前」に際して――書き下ろし
・日々に朧なる「9条」の幻視――『生活と自治』2023年6月号

Ⅲ
・『生活と自治』2021年4月号～2022年1月号

Ⅳ
・『生活と自治』2022年3月号～2022年12月号

Ⅴ
・宵闇――書き下ろし

Ⅵ
・肉の森――『Web新小説』2022年1月1日号
・墓と接吻――『月刊住職』2022年3月号
・「絶対の異界」を覗くこと――『文學界』2015年7月号
・「侮韓」のなかの中島敦生誕110年
――『サンデー毎日』2019年12月8日号
・過去・現在・近未来の闇――『本の旅人』2013年6月号
・壊――書き下ろし
・「絶対感情」と「豹変」――『文學界』2014年8月号
・紊乱は、なぜひつようなのか
――岸善幸監督『あゝ、荒野』(2017年)パンフレット

辺見庸 へんみ・よう

1944年宮城県石巻市生まれ。70年共同通信社入社、北京特派員、ハノイ支局長、外信部次長などを経て96年退社。78年中国報道により日本新聞協会賞受賞、87年中国から国外退去処分を受ける。91年『自動起床装置』で芥川賞、94年『もの食う人びと』で講談社ノンフィクション賞、2011年詩文集『生首』で中原中也賞、12年詩集『眼の海』で高見順賞、16年『増補版　1★9★3★7』で城山三郎賞を受賞。他の著書に『赤い橋の下のぬるい水』『ゆで卵』『永遠の不服従のために』『抵抗論』『自分自身への審問』『死と滅亡のパンセ』『青い花』『霧の犬』『月』『純粋な幸福』『コロナ時代のパンセ』など多数。

入《い》り江《え》の幻影《げんえい》

新《あら》たな「戦時下《せんじか》」にて

二〇二三年七月二〇日　印刷
二〇二三年八月一日　発行

著者　辺見《へんみ》庸《よう》
発行人　小島明日奈
発行所　毎日新聞出版
〒一〇二-〇〇七四 東京都千代田区九段南一-六-一七 千代田会館五階
電話 営業本部〇三-六二六五-六九四一
図書編集部〇三-六二六五-六七四五

印刷　精文堂
製本　大口製本

ISBN978-4-620-32784-6